天使の啼く夜

1

感情的になった顔ほど醜いものはないと、妙に気持ちが冷えていく。

「出ていって！」

顔を歪《ゆが》め、女が声を荒らげる。

醜悪に吊《つ》り上がる目と、さっきから動きを止めない真っ赤な口を伊佐《いさ》は眺めていた。

「秀和《ひでかず》の顔なんて、二度と見たくないっ。何回同じことをすれば気がすむの！　女を連れ込むなんて……絶対許さないわ。私のベッドでよくこんな真似《まね》ができるわね！……あんたなんて、最低よ！」

唾《つば》を飛ばして責める女に、一歩近づく。

とりあえずこの場をおさめたくて両手を肩に置いた。

「離して！」

つけ睫毛《まつげ》が剝《は》がれるのもかまわず目許《めもと》を擦《こす》ると、女の目の周りは真っ黒になる。まるで安キャバレーの年を食ったダンサーじゃねえかと、涙をこぼす女を前に内心うんざりしていた。

すぐ泣く女は苦手だ。泣きながら文句を言われると、苛々《いらいら》してくる。

いっそ部屋を出ていこうか。だが出てしまえば、今夜の寝床に困る。

ぐっと堪《こら》え、伊佐は作り笑いを浮かべた。

「落ち着いて。誤解なんだって。そもそも彼女はおまえの友だちだろ。遊びに来たっていうから、一緒に飲んでただけだって。そのあとは知らない。俺は先に寝たし、彼女がなんでベッドに入ってきたのかなんて」

「へえそう。知らない間に跨《また》がられたって言いたいわけ！」

「俺がおまえを裏切るわけないだろ」

「白々しい。知ってんのよ。あっちこっちの女をつまみ食いしてることくらい」

鬱陶《うっとう》しくてたまらない。うるせえと怒鳴って、口を塞《ふさ》いでやれたらどんなにいいか。

伊佐が我慢しているからいまのこの生活が成り立っているのだ。確かに寝食の面倒は見てもらっているが、見合うだけのサービスと気遣いはしているので、一方的に怒鳴られる謂《いわ》れはない。

「やめよう。言い争っても、水かけ論になる。おまえ、腹減ってんじゃない？　なんかつくってやろうか」

肩の手を背中に回し、さすってやる。いつもならこれで機嫌が直る。

女は身じろぎして伊佐から離れると、玄関を指差した。

「あんたのその手にはのらないわ。出ていってって言ったのがわからないの！　ここは私の部屋。女に食わせてもらうしか能がないヒモのくせして、偉そうなこと言わないで。しつこくするなら、警察を呼ぶわ」

一気に捲《まく》し立てるが早いか、携帯を開く。いまにも一一〇番しそうな様相に、伊佐は舌打ちをした。

「ああ、わかったよ」

うんざりだ。こっちが下手《したて》に出ていれば、いい気になりやがって。

心中で悪態をつきながら、伊佐はジャケットと財布を手にした。

「いますぐ消えればいいんだろ。言っとくが、おまえよりあの女のほうが具合がよかった。金離れがよくなきゃ、誰がおまえなんて相手にするか」

「なんですって！」

ひゅんと音を立て、陶器の灰皿が飛んできた。間一髪で避けると、半狂乱で女が摑《つか》みかかってきた。

「やめろよ」

振り払った勢いで、女が床に倒れる。

わああああと声を上げて泣き出した女を冷ややかに見下ろし、伊佐は羽織ったジャケットに両腕を突っ込むと、半年暮らしたマンションをあとにした。

「くそ。うっとうしい」

深夜の住宅街に人通りはない。駅から離れていることもあって、日付が変わる頃になればほとんど行き来する者などいなくなる。

通りに向かって歩きながら財布の中身を覗《のぞ》くと、こっちも寂しかった。

「あの女、言いたいこと言いやがって、何様のつもりだ。てめえこそ、どうせ水商売しかやれないだろうよ」

苛立ちはおさまらない。当然だ。追い出されたせいで、伊佐は外で夜明かしするはめになった。

漫画喫茶にでも行こうか。そう思ったが、徒歩だと結構かかることを思い出して面倒になる。

二十四時間営業のファミレスも遠い。歩けば三十分かかるだろう。

通りに出ると、伊佐は周囲を見回した。

明かりがついているのは、コンビニとレンタルビデオ店。レンタルビデオ店のほうはもうすぐ店じまいらしく、表のワゴンを片づけ始めている。

居酒屋も同じだ。暖簾《のれん》を外す従業員の姿にため息をつき、バス停のベンチに腰を下ろした。

ジャケットのポケットから煙草を取り出す。煙を肺に入れているうち、いくらか気分は落ち着いてきた。

今夜に限って早く帰ってくるとは思わなかった。留守の間に誰とベッドを使おうが自由——のはずだった。時間を潰《つぶ》すには、それが一番楽で有効だったのだ。

現にこれまで何度かちがう女を引っ張り込んだが、一度もバレてはいない。

早く帰ってきたあいつが悪い。

あの女とも潮時か。稼ぎは悪くなかったし、部屋も気に入っていたので未練はあるが、戻ってまたあの泣き顔を見るのかと思えばうんざりする。それなら新たな女を引っかけたほうがマシだ。

世間では、伊佐のような男を「ヒモ」というらしいが、べつに伊佐は女たちを脅したり、同居を強要したりしているわけではない。女のほうから、うちに来ないかと誘ってくるほうが多いのだ。

伊佐はのっかるだけ。

この三年間、ずっとそうやって生きてきた。

「ビールでも買うか」

コンビニに目をやり、声にも出してみたが、如何《いかん》せん腰が上がらない。喉《のど》は渇いたものの、ほんの数十メートルの距離が遠く感じて動く気になれなかった。

短くなった吸いさしを投げ捨てると、スニーカーの靴底で火を消す。二本目に火をつけた伊佐は、煙を吐き出すついでに大きな欠伸《あくび》をした。

昔はよく外で寝た。子どもの頃だ。

駅や公園のベンチ。雨の日には他人の家のガレージで一晩過ごしたこともあった。

外での夜明かしは、久しぶりだ。

ぼんやり夜空を眺めているうち、抗《あらが》いがたい睡魔《すいま》に襲われる。これ一本は吸い終えてしまいたい。なんとか瞼《まぶた》を持ち上げていたが、意識があったのはその後数分ほどだった。

目が覚めたのは、周囲の喧騒《けんそう》のせいだ。

右に左にと行きかう車が、視界に飛び込んでくる。

どうしてこんなところに。

自分がどこにいるのか、思い出すのに数秒要した。

なんのことはない。昨夜は、女に浮気を責められ部屋を追い出されたのだ。おかげで一晩ベンチで寝ることになった。

「身体《からだ》、痛え」

腕を伸ばし、無理な体勢のために固まった筋肉をほぐす。

立ち上がって屈伸運動をしていると、子連れの主婦と視線がぶつかった。主婦は、チンピラにでも遭遇したかのように慌《あわ》てて目をそらした。

ベンチで寝入っている男に遭遇すれば当然の反応だ。

ため息をつく。

さて、どうしようか。行くあてがあるわけではないし、このまま夜になるのを待って、繁華街にでも行ってみるか。

これまでどおりベンチに腰を下ろすと、ポケットに突っ込んだ手で煙草を探す。ない。昨夜の二本が最後だったらしい。足元を見れば、その二本が落ちている。まだ吸える。

伊佐は吸殻を一本拾い上げた。

指で扱《しご》いて伸ばすと、唇にのせる。

起き抜けの身にニコチンはよく効いた。頭がすっきりしてくる。

「さすがに腹が減ったな」

昨夜からなにも口に入れていなかった。煙草を吸い終わったら、今度こそコンビニに行くしかない。その後のことはあとで決めればいい。もしかしたら煙草を吸っている間に新しい出会いがあるかもしれない。その手の縁に関しては、伊佐は強運だった。

それにしても、この人間の多さはどうだ。

皆、なにをそんなに急ぐのか、伊佐の前や後ろを足早に通り過ぎる。

伊佐は携帯で時間を確認した。正午過ぎだった。いつもの伊佐なら、まだ寝ている時刻だ。太陽は真上から照りつけている。まともに太陽を浴びるなど、どれくらいぶりだろう。九月に入ったばかりの昼間の日光は思いのほか強く、伊佐の剝《む》き出しの腕をじりじりと焼いていく。

目を細めた伊佐の前に、黒い塊《かたまり》が滑り込んできた。

車だ。路肩に停まった車がＢＭＷと知り、伊佐は思わず口笛を吹いた。

後部座席のウインドーが下がる。運転手つきというわけだ。

「ここでなにをしてる」

後部座席の若い男はそう言った。けれど最初、その質問が自分に向けられたものだとは気づかなかった。見ず知らずの金持ちが声をかけてくるなんて普通は思わない。

黙ってＢＭＷを眺めていた伊佐に、重ねて声がかかる。

「バスを待ってるわけじゃないのか。朝からずっといるな」

朝からという言葉に、ようやく男が話しかけているのが自分だと気がついた。

「俺に言ってんの？」

二十代半ばの、エリートの見本のような男だ。滑らかな額は蒼白《あおじろ》く、腺病質《せんびょうしつ》な印象を受ける。

「行くところがないのか」

そんな男が、なぜ伊佐に話しかけてくるのかわからない。昼間から暇そうにしている男がよほどめずらしいのだろうか。

「女の機嫌を損ねて部屋を追い出された」

「女の機嫌？」

不思議そうに問われ、肩をすくめた。

「そ。だから次の女を探さなきゃいけない」

男は伊佐をじっと見つめる。この手の視線にはよくぶつかる。値踏みのまなざしだ。

「用がないなら行ってくれないか。でかい車が目の前に停まってたら、せっかくの出会いがパアになるかもしれないだろ」

バス停のベンチを占領している己のことは棚に上げてそう言うと、ふいに後部座席のドアが開いた。

男が降りてくる。

エリートそうなのは雰囲気だけではなかった。スラリとした身体を包む上等なスーツに、磨きあげられた革靴。洗練された立ち姿。どこをとっても隙《すき》がない。

ただひとつ気になるのは、ネクタイが黒だということ。

「葬式の帰り？」

「一周忌だ」

「ふうん」

どうでもいい。が、男がなぜ立ち去らないのか、そちらには興味がある。

「あんた——」

理由を聞こうとしたとき、邪魔が入った。

伊佐の腹の虫だ。ぐるぐると盛大な音は男の耳にも届いたようで、男は視線を背後の車に

流した。

「私もこれから昼食だ。おまえも一緒に来るか」

いったいどういうつもりだろう。金持ちの気まぐれなのか。それともなにか魂胆でもあるのか。

伊佐は男の真意を探るべく、穴が開くほど凝視する。

なにも感じ取れない。善意はもとより、悪意の欠片《かけら》も。

表情に乏しい男だ。

「警戒しているのか。案外、常識的なんだな」

男はそう言うと、伊佐から視線を外した。半身を返し車へと戻ろうとする背中を、咄嗟《とっさ》に引き止めた。

「待てよ。誰も行かないなんて言ってないだろ。タダ飯食わしてくれるなら、俺はなんでもするよ」

伊佐の返答に、男は視線で車に乗るよう促す。短くなった吸いさしをベンチで捻《ひね》り消して、伊佐は立ち上がった。

男の後ろから、ＢＭＷに乗り込む。

いい車だ。革とベルベットの内装は素晴らしく、シートはゆったりとしている。正真正銘の金持ちなのだろう。

車は滑るように走り出す。男は黙って前だけを見ている。

「どこで食わせてくれんの？」

伊佐の問いにも、こちらに目を向けることはない。

「すぐ近くだ」

伊佐は、素っ気ない横顔をそれとなく窺《うかが》った。

よく見れば、驚くほど端整な顔立ちだ。眦《まなじり》の上がった奥二重の目も男にしては癖のない鼻の形も、薄からず厚からずの唇も、すべてあるべき場所に綺麗《きれい》におさまっている。

緩く後ろに流して整えられた髪は、細い頤《おとがい》のラインによくマッチしていた。

一言で表せば、ストイックなイメージだ。喪服がよく似合っている。

「一周忌の帰り道に男を引っかけるなんて、真面目な顔して結構不謹慎なんだな」

さっきの「常識的」に対する意趣返しのつもりだった。が、嫌みも通じないらしく、なんの反応もなかった。伊佐のほうが子どもっぽい真似をした気がして、バツの悪さを味わう。

もっとも本気で不謹慎だと思っているわけではない。それどころか伊佐には、葬式も一周忌も無縁のものだ。

身寄りは誰もいない。十四年前からずっと天涯孤独の身だ。

ひとりを嘆いたことはなかった。ひとりのほうが気楽でいい。七歳で入った施設を十八で出てから三年間、女から女を渡り歩いて生きてきたが、なんら不自由を感じたこともない。

一時的にバイトもやるにはやってみた。でもすぐにやめた。他人に顎《あご》で使われるのがどうにも我慢ならなかったのだ。集団行動が性《しょう》に合わないとわかっただけでも、やってみた価値はあっただろう。

いったんヒモを経験すると、汗水流して働くのが馬鹿らしくなる。

いまの女と別れても、きっと次はすぐ摑まる。幸運にも伊佐は、女を惹《ひ》きつけるルックスとムードを持っているようだから。

いつも髪を長めにしているのは、そのほうが好きな女が多いからだった。

きつい目許の印象のわりに、アクのない顔立ちだと言われる。おかげで髪型ひとつ、表情ひとつでいろんなタイプを演じ分けられるのも伊佐の強みだ。

優しい大人、可愛げのある年下、強引で粗野な男。どれでもお好みどおり変身してみせる。テクニックもこの三年間に磨いた。

女はベッドで優しくしてやれば、大概のことは許してくれることも学んだ。

「着いたぞ」

男の声に窓の外を見れば、車はレストランの駐車場に入っていくところだった。

「これはまた高そうな」

駐車場は十台ぶんしかないが、それ以上は必要ない場所だ。ファミレスみたいに客が次から次にやってくるような店ではない。

煉瓦《れんが》づくりの外装は、まるで城のように豪奢《ごうしゃ》だ。二階にはバルコニーもある。

「俺、こんな店入るのって、初めてだ」

車を降りると、程よく重みのある木製の扉を開けた。男が先に、伊佐はその後ろから店に入る。店内も外装に見合い、重厚で上品なつくりになっていた。

キャッシャーはなく、右側にあるのはカクテルルームのようだ。待合室代わりなのだろう。テーブルが用意されるまでの間、希望すれば客はここで食前酒を愉《たの》しむことができる。

「いらっしゃいませ。田宮《たみや》様」

黒服の店員が品よく迎えてくれる。慇懃《いんぎん》な態度で奥にいざなう店員に従いながら、伊佐は口中で「田宮」という名を呟《つぶや》いた。スポンサーの名は真っ先に憶《おぼ》えるのが基本だ。

田宮は、歩く姿も上品だった。身長は伊佐より十センチ程度低く、百七十六、七くらいだろうが、姿勢がいいせいで実際よりも長身に見える。

「こちらにどうぞ」

窓際のテーブル席に案内された。

伊佐は椅子に深く腰かけると脚を組み、周囲を見回した。

十ほどあるテーブルはほぼ満席だ。足元まであるテーブルクロスはやわらかな薄桃色で、セピア色の内装によくマッチしている。

店に見合って客層もよく、いまさら自分の出《い》で立《た》ちを確認していた。

Tシャツにジーンズだ。ジャケットにしても綿の安物なので、間違いなくこの店の中では伊佐ひとりが異質の客だ。

「俺、浮きまくってんな」

思わず洩《も》らした言葉の意味を、田宮は勘違いしたらしい。

「気にすることはない」

その一言だ。

田宮が厭《いや》なのではないかというつもりで言ったのだが、田宮自身はまったく気にしたふうには見えず、伊佐もそれ以上口にしなかった。

田宮がいいなら、伊佐にはどうでもいいことだった。常連の田宮とはちがい、どうせ二度とこの店には来ない。

食事を終えた隣席の老人が席を立ち、奥にある半円形の部屋に入っていく。シガールームのようだ。初老の男がうまそうに煙草を吸っている姿を見て、むしょうに煙草が吸いたくなる。

ポケットにないとなれば、よけいに欲しくなった。

「煙草、ないか」

田宮は黙って内ポケットから外国産の煙草を取り出し、テーブルの上を滑らせた。さすがにセレブは吸っているものもちがう。

た。

「全部くれんの？」

伊佐は煙草を拾い上げた。

「ああ。吸うのはかまわないが、食事のあとにしてくれ」

本音はいますぐ煙を肺に入れたかったのだが、素直に従い煙草をテーブルの隅に追いやった。

これも処世術だ。他人に厄介《やっかい》になろうと思ったら、その人間のデータをできるだけ集め、合わせなければならない。

好きなもの、嫌いなもの。踏んではならない地雷。そして、性癖。

「わかってる。飯食ったあとにするよ」

どうせ食わせてもらうのなら、気持ちよく金を出させたほうがいいに決まっている。

スポンサーはより金を持っている人間がベターだ。金はありすぎて邪魔になることはない。

田宮がもし女だったら伊佐はどんな努力も厭《いと》わず、がっちり摑んで離さないだろう。いや、この際男でもいいような気がしてきた。むさい奴はご免だが、田宮なら許容範囲だ。

順次食事が運ばれてくる。

フルコースは人生で何度か味わったが、今日の料理は格別だった。どれもこれも綺麗で上品でうまかった。

こういう飯を日常的に食っている人種がいるのだから、日本人総中流階級の時代はとっくに終わったのだろう。貧富の差は歴然としている。

「しっかし、あんたも酔狂だな。道で拾った男にこんな高い飯食わして。いつもこうやって施《ほどこ》してんのか」

鹿肉を頬張《ほおば》りながら、フォークを振る。

黙々と料理を口に運んでいた田宮は伊佐のフォークを一目し、ちがうと否定した。

「いつもしてるわけじゃない」

「へえ」

上目使いで田宮を見つめ、唇の端を吊り上げた。

「じゃあ、俺が好みだった？」

女は、伊佐のこの表情に弱い。挑発的で、どきどきするのと言う。

真正面から伊佐の視線を受け止めた田宮は、顔色ひとつ変えなかった。

男相手はやはり勝手がちがう。

「女の世話になってるのか。ずっと」

「俺、天涯孤独なんだよ。七つのときから施設で育って、十八で出た。以後ずっと女に食わせてもらってきた。どうやら、そっちの才能はあったみたいで」

舌で唇を舐《な》めてみせる。

べつに女があんたになってもかまわないけど、という意味をこめて。

「ご両親は亡くなったのか」

今度も田宮の表情に変化はない。まったく探れない。ここまでクールだと、いっそ感心するほどだ。

「ああ。もともと親父は誰だかわからないし、母親は俺の目の前で車にファックされて昇天したよ」

「………」

田宮は無言で頷《うなず》いた。

大概この話をすると、ごめんなさいと謝られる。つらい過去を言わせてしまったと女は同情するのだ。

伊佐自身になんの感慨もないにもかかわらず。

なにしろ十四年も昔の出来事だ。その瞬間のことはほとんど憶えていない。血を流して倒れた母親を目の当《ま》たりにして、人間って簡単に死ぬんだなと漠然と思った記憶だけが、いまでも残っている程度だ。

「あんた、面白いな」

伊佐がそう言うと、田宮はわずかに眉《まゆ》を動かした。

「そんなふうに言われたのは初めてだ」

「そう？　すげえ面白いと思うけどな」

ゴージャスな食事を、コーヒーで締めくくる。

その後田宮とともにシガールームで一服した。

陽光の降り注ぐ半円形の部屋。その中央にある大理石の灰皿を間に、煙草を吹かす。

妙な気分だった。

つい数時間前までは見知らぬ同士だ。それがいまは、黙って向かい合って煙草を吸っている。

田宮が根掘り葉掘り伊佐のことを聞いてこないせいもあるだろう。これまでの女は、伊佐の生い立ちから過去の女まで、細かく知りたがった。

誘ったくせに、田宮からは伊佐に対する感情が見当たらない。伊佐の生い立ちや事情にはほとんど興味がないように見える。

不思議な男だ。

「おまえ」

煙を吐き出しながら、田宮が口を開いた。さっきから「おまえ」としか呼ばないのは、名乗ってないからだといま頃気づいた。

「伊佐秀和。二十一。職業は、もう言ったとおりヒモ」

自己紹介をすると、田宮は伊佐をじっと見つめた。自分が商品になった気分で、伊佐は両手を広げてみせた。

俺はお眼鏡にかなったか、と。

「伊佐」

初めて名を呼ばれる。

伊佐は笑みを浮かべた。

豪華な昼飯を食わせてもらった人間だ。そして、運がよければこれからも食わせてもらえるかもしれない人間。せいぜい尻尾《しっぽ》を振って、喜ばせてやらなければ。

「私のところに来るか」

意外なほど簡単に、田宮は待っていた台詞《せりふ》を口にする。

「俺が、あんたのところに？　けど、迷惑じゃねえ？」

伊佐は常套句《じょうとうく》で返した。

すぐさま飛びつかずにいったん退《ひ》くのは、伊佐のやり方だった。今後少しでも優位に立つためだ。

けれどやはり女相手のようにはいかない。伊佐の思惑を見透かしたように、田宮は簡潔な返事を要求してくる。

「来るか来ないか、どちらかで答えてくれればいい」

答えなど決まっているので、「行くよ」と即答した。

「なら、帰ろう」

まだ長い吸いさしの火を、田宮は消す。

急《せ》かされて伊佐も田宮のあとを追いかけた。

「田宮さん、せっかちって言われねえ？」

「言われない」

「マジで？　あんたの周りの人間は、よほど出来たひとばっかなんだな」

田宮が肩越しに振り返り、訝《いぶか》しげな目を投げかける。

どうやら周囲には注意してくれる人間がいないようだ。根っからの坊ちゃん育ちらしい。

田宮がカードで支払いをすませるのを待って、レストランを出る。ふたたび車に乗り込むと、三十分ほどで到着した。

マンションの外観は、まるでホテルだ。

カーブした屋根のあるアプローチで車を降りる。分厚いガラスの扉が左右に開き、田宮とともにエントランスをまっすぐ進んだ。

フロントに立ち寄り、田宮は宅配の荷物を受け取る。スタッフが常時いるところもホテル並みだ。

絨毯《じゅうたん》の感触を靴底で確認しつつ、次にはエレベーターに向かう。エレベーターには、三十六以外の文字がない。田宮はボタンを押す代わりにカードを挿《さ》し込み、さらに暗証番号を入力した。

「いい暮らししてんね」

想像以上だ。これまでの女たちとは比べものにならない。

「どこの坊ちゃん？　親は社長？　それとも政治家？」

三十六の文字を見上げながら問うと、どちらもちがうと答えが返った。

「会社がたまたまうまくいってるだけだ。人材派遣会社をやってる。母親は主婦で、父は弁護士だった」

「——へえ、そう。人材派遣会社って儲《もう》かるんだな」

てっきり上流階級のお坊ちゃんかと思っていた。もちろん弁護士もエリートにはちがいないが、田宮は自分で会社を経営しているという。

伊佐と変わらない年齢で、この暮らしぶり。

ラッキーな人間はとことんラッキーにできているのだろう。

「『だった』ってことは、亡くなったんだ」

ふと思い出す。

田宮は一周忌だと言っていた。いまの話が、身につけている喪服と無関係だとは思えない。

「もしかして、親父さんの一周忌だった？」

「そうだ」

ははと、伊佐は思わず乾いた笑いをこぼしていた。これが笑わずにいられようか。

「親父さんも可哀相に。まさか息子が自分の一周忌の帰り道に、どこの馬の骨ともわからない男を拾って帰るとは夢にも思ってなかったろうな」

昼飯だけなら、金持ちの気まぐれと思えなくはない。でも家にまで連れてきたのだから、当然田宮は伊佐自身に用があるのだろう。

父親の一周忌に、カミングアウトでもするつもりなのか。

「つか、むしろ死んでてよかったんじゃねえ。息子のこういう趣味は、親としちゃあんまり知りたくねえよな」

伊佐の笑い声にかぶって、鈴を鳴らしたような音がした。エレベーターが停まる。田宮の背を追いかけ降りると、すぐそこに門扉があった。

感嘆の言葉もない。こんな世界があったのかと、つくづく己の世間の狭さを痛感する。

三十六階に門扉はひとつしかないのだから、この広いフロアを田宮が独占しているということだ。

エレベーターに文字盤がなかったのも頷ける。田宮以外は乗らないエレベーターなのだ。

同じカードを挿して、田宮がドアを開ける。

その室内の広さと言ったら、呆《あき》れるほどだ。玄関だけで、これまで伊佐が厄介になっていた女の部屋がすっぽり入る。

リビングダイニングに通される。四十畳はあろうかという広い部屋は、がらんとしてなにもない。テレビすらない。置いてあるのは、ソファとローテーブルそれだけだ。

あまりに生活感のない殺風景な空間に、部屋の中央でスーツの上着を脱ぐ田宮を振り返った。

「なんにもねえじゃん」

対面式のキッチンも同様だ。

モデルルーム並みに綺麗で、料理など一度もしたことがないのだろう。

「寝に帰ってるだけだから、不自由はない」

「飯は全部外食？」

「ほぼ」

伊佐は田宮に歩み寄る。

正面に立つと、田宮の髪に触れた。

この手の男は、優しい人間を好むのか。それとも、少し強引なくらいがいいのか。

「俺、料理、結構得意だけど？　これから毎食俺がつくってやろうか？」

田宮は怪訝《けげん》な顔になる。

こういうことに慣れていないのは、すぐにわかった。話は早い。伊佐のつき合ってきた女たちも、たまに飯をつくってやるといたく感激したものだ。

揉《も》めたときは、飯をつくってやってベッドに引きずり込めばすべて解決する。頭の中で伊佐は、今後の段取りを組み立てた。

「だからさ」

双眸《そうぼう》を意味ありげに細め、髪の手を首筋へと滑らせていく。

「得意なのはアレだけじゃないって言ってんだよ」

「アレ？」

うなじを指先で撫《な》でると、ようやく理解したようだ。ふいと伊佐から視線を外すと、伊佐の手も払った。

「両方必要ない」

一言で田宮は伊佐から離れ、ドアに足を向ける。

「疲れたから少し眠る。おまえも好きにしていい」

予想もしていなかった反応に、伊佐はあ然となった。

必要ない？　なにもしなくていいなら、なんのためにここまで伊佐を連れ込んだのか。伊佐がここにいる意味がない。

「ちょっと待てよ」

リビングを出ていこうとする背中を、引き止める。

「なんだ」

前髪を掻《か》き上げる田宮は、本当に疲れているのだろう、まだなにかあるのかと少し迷惑そうな様子で先の言葉を急かした。

「いま、両方必要ないって言ったか？」

「ああ、そうだ」

「料理も――ていうか、セックスもしなくていいって？」

「そうだと言ってるだろう」

平然と返されるが、伊佐は戸惑《とまど》わずにはいられない。

なにもすることがないのなら、伊佐はここでどうすればいいのか。

「意味わかんねえよ。それじゃ俺に用はないってことだろ」

真意を量りかねて苛立ちをぶつけると、田宮はひとつ息をついた。マンションに戻って、初めて伊佐をまともに見た。

「用ならある。でもそれはいますぐじゃない。それまでおまえは、ここで最低限の礼儀作法と一般常識を学んでくれればいい」

「――なに、それ」

「承知してくれれば、何不自由ない生活をさせてやるし、謝礼も用意するつもりだ」

ますます理解できないことを言って、伊佐の返事も聞かずリビングを出ていった。広い部屋の真ん中にひとり残された伊佐は田宮の消えたドアを見つめ、わけわかんねえと呟いた。

「礼儀作法に、一般常識だって？」

そんなものを学ばせて、いったいなにをさせるつもりなのだろう。しかも謝礼までくれるという。普通に考えればまともなことではない。

人形のように綺麗な顔の内側で、田宮はなにを企《たくら》んでいるのか。

「……おもしれえ」

伊佐はふんと鼻を鳴らした。

革のソファにごろりと横になる。つい数時間前にベンチに座って寝たのが嘘のように、寝心地がいい。

これから毎日こういう生活が待っている。おこぼれとはいえ、金持ちの仲間入りだ。

自分にもツキが回ってきたかもしれない。田宮がなにをさせようとしているのか知らないが、うまくいけば、これまでのしみったれた暮らしに別れを告げられる。これまで馬鹿にしてきた奴らも見返してやれる。

伊佐は、ははと笑った。

なんでもやってやるぜ。そう腹の中で誓いながら。

2

伊佐の生活は一変した。

客間を自室として好きに使っていいと言われ、ベッドやデスク、チェストを与えられた。適当にサイズを伝えると、その日のうちに衣服から靴まで一気に数着分が届いた。自分だけの部屋。持ち物。それらが初めての伊佐は、子どもみたいに高揚していると気づいていた。

もちろんいいことばかりではない。

朝は七時に叩《たた》き起こされた。ノックをし、部屋に入ってきた男の顔に憶えはなかったが、相手は了解済みらしく、てきぱきと伊佐を誘導し、三十分後には身支度をすべて整えて朝食のテーブルに着くはめになった。

トーストとコーヒー。ミルク。スクランブルエッグにベーコン。サラダ。まるでホテルの朝食並みに小綺麗で、品がいい。

この家にはダイニングテーブルがないので、それらがローテーブルに並んでいる。

田宮はすでにすませたのか、ソファに腰かけ、コーヒーを飲んでいた。

「悪いけど俺、朝は食えねえし。ていうか、俺もこんな朝早く起きなきゃいけねえの？」

ずっと家で過ごしていると、どうしたって不規則な生活になる。大抵日中はだらだらと過ごし、女が仕事に出てから買い物やパチンコ、ネットカフェ、漫画喫茶に出かけるのがパターンだった。

朝食なんてまともに食べたことはない。

「だらしなさは表に出る。朝食を食べる食べないは自由だが、規則正しい生活はしてもらう」

この言い方にはむっとする。

ひとを連れてきておきながら、料理もセックスもいらないなんて言ったあげくの批判だ。

伊佐が気に入らないなら、初めから誘うなと文句のひとつも言ってやりたい。

「悪かったな。だらしなくて。そのだらしない男を拾ったのは誰だよ。そういや、人材派遣会社の社長さんだっけ。いったいなんの人材をどこに派遣してんのやら」

精一杯の嫌みだった。

嘲笑《ちょうしょう》まで浮かべてみせたのだが、田宮はのってこなかった。飲みかけのコーヒーをテーブルに戻し、腰を上げる。

「おい。なんとか言えよ」

こちらがいくら熱くなっても、一方通行だ。暖簾に腕押しとは、まさにこういうのをいうのだろう。

「あとのことは志水《しみず》に聞いてくれ。まかせてある」

「志水って誰だ」

苛々して問い返せば、田宮が首を傾《かし》げた。伊佐に志水を紹介していなかったと、ようやく気づいてくれたようだ。

「彼が志水だ」

伊佐を起こしにきた、いまはキッチンに立つ男を伊佐に示す。紹介を受けた志水は、笑顔でよろしくと会釈をした。

が、これで終わりだ。これ以上の説明は無用と思っているのか、伊佐に背を向けドアへと足を向ける。

田宮は、言葉が足りないうえ顔色ひとつ変わらない。けっして挑発にものらなければ動揺することもない。

完全な独り相撲《ずもう》に、伊佐も馬鹿らしくなった。

クールどころか、アイスだ。なまじ顔が整っているだけに血が通っていない感じがする。

「もう仕事に行くのか？」

伊佐の質問に、ああと簡潔すぎる答えが返った。

「じゃあさ。ダイニングテーブルとパソコンが欲しいんだけど」

最初のおねだりだ。これで相手がどれほど伊佐を欲しているかおよそ知ることができる。

田宮は即答だった。

「午後に届けさせる」

「今日の？」

「今日の午後だ」

さすが金持ちはちがう。庶民には高価な買い物も簡単に右から左だ。海のものとも山のものともつかない、昨日会ったばかりの男に平気で買い与える。

「あ、そう。悪いな」

これくらい、田宮にとってはなんでもない額なのだろう。だが、伊佐が必要でなければ買い与えたりしないはずだ。

目的があって伊佐を囲うというならば、伊佐も田宮を利用しない手はない。せいぜい投資してもらうだけだ。

「いってらっしゃい」

ソファに座ったまま、ひらひらと手を振って見送ったが、田宮からの反応はなかった。口数が少ないというよりは、意識して伊佐と話さないのではと疑いたくなるほど、田宮は無口な男だ。

田宮がいなくなると、伊佐は矛先《ほこさき》を志水に向ける。

「あのひと、いつもあんな感じなわけ？」

「あんなというのは」

年齢はおそらく田宮と同じくらい。眼鏡をかけた志水は、見た目も物腰も穏やかな優男《やさおとこ》だ。和服でも身につけていれば、どこかの若旦那で通るだろう。

「ろくろく喋《しゃべ》らないし、見てのとおり無表情だし」

「ああ。そのことですか」

志水は苦い笑みを浮かべた。

「もともと物静かな方だったようですが、一年前にお父さんが亡くなってからすっかり無口になってしまわれて」

「ファザコンか」

「——そう言われてしまえば、否定できないかもしれませんね」

トーストを少し齧《かじ》っただけでほとんど残した朝食の片付けを、志水は愚痴も言わず始める。

志水もわからない男だ。若くて、それなりにルックスもよくて、他人の会話に首を突っ込まない聡明《そうめい》さもある志水がただの家政夫——というイメージではない。

「田宮さんのこと、よく知ってんだな。長いの？」

煙草を手にする。

黙っていても志水がカウンターテーブルから灰皿を持ってきてくれた。

「気になりますか」

けれどこの台詞は癇《かん》に障った。質問に質問で返す人間を伊佐は信用しないことにしている。返事をせず、憮然《ぶぜん》とした態度で煙を吐き出すと、本来の質問の答えが返ってきた。

「一年ほどです。一週間に一度、身の回りのお世話をするために」

へえと気のない返事をする。頭の中では、さらなる疑問が芽生えていたが。

一年というのが、父親の死と関係あるのか。一週間に一度とはいえ、身の回りの世話が必要なほど田宮はショックを受けたのか。

「しばらくは毎日来ます」

「俺がちゃんとやってるか見張るために？」

「それもあります。先ほど田宮さんは言われませんでしたが、もうひとつ、あなたは許可が出るまで外出できませんので、必要なものを代わりに私が用意します」

「なんだ、それ。聞いてない」

どういうことなのか。外出を禁じるなど尋常とは思えない。

「そんなの、冗談じゃねえ。聞けるわけないだろ」

「厭なら、その時点で契約は解除です。どうぞ、このまま出ていってください」

「……は？」

ふたつにひとつ。相手に交渉の余地はない。一方的な言い分に伊佐は、肩をそびやかす。

「俺を勝手に帰しても、田宮さんはそれで納得するんだ？」

挑発にもならなかった。

「ええ。こちらの条件を受け入れてくれないようなら、田宮さんはあなたを必要としない。それだけです」

なんて奴なのか。役所でももっと柔軟な対応をしてくれる。

伊佐はぶすっと口許を歪めた。

出ていく気などなかった。田宮は金持ちで、伊佐は大金を手に入れたい。

それに、興味があった。

いったいなにをさせようとしているのか。

「――伊佐くん」

食器をすべて運んでしまった志水は、伊佐が顔を上げるなり右手をぴしゃりと叩いた。

「んだよ」

いきなりのことに目を剝いて嚙《か》みつくと、涼しい顔で伊佐を見下ろした。

「灰が落ちています。あと、煙草を吸うときにはかまいませんが、食事をしながら膝《ひざ》を立てるのはいけません。カトラリーを振る癖もやめたほうがいいです」

まるで子どもに言い聞かせるような注意だ。

かっと頭に血が上る。

「うるせえ。俺はまだ承知するなんて言ってないだろ」

威嚇《いかく》する伊佐を、志水は怯《ひる》まず見据えた。

志水にはわかっているのだ。伊佐が断らないと。

金のためならなんでもする奴だと思っているのかもしれない。確かに伊佐は、楽に暮らしていくためなら女の足を舐めることだって厭わない人間だ。

舌打ちをした伊佐に、志水が言葉を重ねる。

「最低限の礼儀作法を教えるよう田宮さんから指示されています」

「ああ、精々頑張ってくれればいいさ」

これ以上なにも文句が言えなかった。

条件のすべてをのんだからこそ伊佐はここにいるのだ。

「理解いただけたようで嬉《うれ》しいです」

志水のやわらかい言動は、いったん気になり始めると鼻につく。でも、ここにいると決めた以上それもどうしようもないことだ。

志水は、伊佐の前に朝刊を置く。

「隅から隅まで目を通しておいてください。そのうちパソコンも来るでしょうから」

返事の代わりに、伊佐は朝刊を拾い上げた。

すべて仕事だと思えばいい。ようはヒモと同じだ。

田宮のご機嫌を損ねないよう伊佐は努力し、その対価として快適な暮らしを得る。これま

でとなんら変わったところはない。

煙草片手に朝刊を読む。

施設では新聞を読む気になどなれなかったし、新聞をとるような女ともつき合ってないので、伊佐が新聞を手にしたのは片手で数えられるほどだ。

書かれていることの半分もわからなかった。

それでもすべて読み通したのは、意地以外のなにものでもない。田宮に対してはもとより、志水に対しても。

舐められたくなかった。

新聞を読み終わった頃、ダイニングテーブルが、続いてパソコンが届いた。

ダイニングテーブルが入っただけで、生活感が出てくる。これでテレビでもあれば文句はない。

パソコンは伊佐が自室として使う客間に入れた。

ネットカフェでしか縁がなかったものが簡単に手に入る。悪くない環境だ。

午後から伊佐は、パソコンに張りついて過ごした。

過去五年の経済界の大きな出来事や、マスコミを騒がせたスキャンダルなどを見るようにと志水から指示されたが、結局ほとんどの時間をネットゲームで潰す。

志水には気が散るからと、ノックをしてから部屋に入るよう伝えたので楽勝だ。

女からメールが入っていたが、返信しなかった。迷うまでもない。女のワンルームより、このマンションのほうがいいに決まっている。

ドアをノックする音に気づく。

伊佐は慌ててゲームからニュースの画面に切り替えた。くるりと椅子を回転させて迎えると、静かに開いたドアから姿を見せたのは田宮だった。

「おかえり。早かったんだな——って、もう七時半か」

笑顔を向けたというのに、田宮はにこりともしない。当然、ただいまなんて挨拶《あいさつ》もなしだ。

伊佐には最低限の礼儀と常識なんて言ったくせに、自分はこの調子。伊佐に対しては礼儀など必要ないと思っているのだろうか。

「パソコンの調子はどうだ」

「ああ、ばっちり」

伊佐が親指を立てると、田宮は頷いた。

「それならいい」

たった二言だ。田宮はこれで満足して部屋を出ていくつもりらしい。

「待てよ」

伊佐は引き止めた。

「今日一日俺がなにをしてたのか、聞きたくないのか。ずっとサボってたかもしれないぜ？」

田宮は肩越しに伊佐に視線を投げかけた。

「サボってたのか」

「いや——ぼちぼちやってたけどよ。新聞も隅から隅まで読んだし」

「ならいい」

伊佐の言葉を鵜呑《うの》みにしたのか。それとも、どうでもいいのか。

こうまで手応えがないと、いい加減腹が立つ。

田宮がセックスを求めてくるほうがまだよかった。それなら、ギブアンドテイクだ。でもいまの状況は、あまりに一方的すぎて居心地が悪い。

伊佐はなにより施しが嫌いだった。

施しを受けるのは、施設にいたときだけで十分だ。

「田宮さんさ。あんたのいない間に、俺が金目のもの盗《と》って逃げるとか、思わないのか」

伊佐の脅しにも、田宮は表情をまったく変えない。いまだまったく手の内を見せない。

伊佐を見つめ、冷めた声音《こわね》で告げる。

「それならそれでしょうがない。留守中のことは、私にはどうにもならないから」

田宮には感情があるのだろうか。どうすれば感情を表すのだろう。

感情的になって取り乱す人間は醜いと思うのに、田宮の取り乱す姿を見たくなる。

「さすが金持ちの言うことはちがうね。盗られてもかまわないって？」

「そういう意味じゃない。おまえの代わりならいくらでもいるってことだ。見目のいい男なら、誰でもかまわない」

「んだと？」

直後伊佐は、身体の内側からどす黒いものが染み出してくるのを実感していた。ヒモだと蔑《さげす》まれるのはまだ堪えられる。おまえらにヒモができるかと、腹の中で嘲《あざけ》ることができる。

田宮は伊佐を軽蔑《けいべつ》しない。同情もしない。伊佐など、野良犬程度にしか思ってないのだ。冷たく伊佐を見下す瞳《ひとみ》を見ていると、自虐的な気持ちとともに凶暴な衝動も湧《わ》き上がる。田宮をどうにかしてやりたい。足元に跪《ひざまず》かせてやりたかった。

衝動は激情となり、伊佐の中で膨れ上がる。

「ああ、そうかよ。見た目が好みの男なら誰でもよかったって？　やっぱりあんた、俺とファックがしたいんだろ」

わざと下劣な言い方をした。

それでも同じだ。田宮のどこにも動揺も羞恥《しゅうち》も、伊佐に対する侮蔑さえまったく見て取れない。

「ほら、ケツ出せ。突っ込んでやるから」

腕を掴んだ。

「よせ」

ここまで来ても田宮は冷静な声音で伊佐を窘《たしな》め、腕を払う。

田宮に払われるのは二度目だが、いまのこれは一瞬頭の中が白くなるほどの怒りが湧いた。

「格好つけるんじゃねえよ！」

田宮の頬めがけて、平手を振り下ろす。

乾いた音が室内に響く。

田宮が頬を手のひらで覆い、双眸を見開いた。殴られるとは思っていなかったようだ。誰にも殴られたことがないのかもしれない。

伊佐を見る瞳が揺れる。田宮は、初めて戸惑いを表に出してみせる。

伊佐は、腹の底から熱い欲望がこみ上げてくるのを自覚していた。

もっと田宮の怯《おび》えた顔が見たい。

もっと、顔を歪ませろ。

熱く、ねっとりとした欲望だ。

「そのすました顔がいつまで続くか、愉しみだ」

「……馬鹿な」

田宮の足を払う。傾いだ身体を両手で拘束し、強引にベッドに引きずっていった。

シーツに身体を押さえつけ、上からのしかかる。

「馬鹿？　けどこれを期待してたんだろ。素直に言えばいい。素直になるならよくしてやる。男は初めてだけど、女と変わらねえよな。気持ちいいって、ヒイヒイ言わせてやるよ」

この体勢では、厭でも無視できないだろう。

伊佐を見るしかない。やめてほしいと、伊佐に懇願するしかないのだ。

四肢を押さえつけられて、田宮は伊佐を見ている。伊佐がやめるのを期待しているのだ。

けれど、残念ながらやめるつもりはなかった。

やめるどころか、異常に昂《たか》ぶってきた。

「俺も我慢できない。ほとんど毎日やってたんだ。昨日も今日もお預けで、誰でもいいから突っ込みたい気分なんだ」

「………」

「あんたでいい。やらせろ」

田宮は伊佐を凝視し続ける。自分の耳にした言葉が信じられないという表情で。

なにを考えているのかまったく読めない田宮が、伊佐を見て動揺している。動揺だ。それが証拠に小刻みに睫毛が震えている。

伊佐は高揚に喉を鳴らし、田宮のネクタイを外すと、それを使って手早く両手を後ろ手に縛り上げた。

抵抗の隙など与えない。田宮とは経験がちがう。

「――伊佐」

田宮が伊佐の名を呼ぶ。その、わずかに上擦った声音にどうしようもなく興奮してくる。引き千切る勢いで、田宮のワイシャツの前を開いた。同じ手でベルトを外し、スラックスのホックとジッパーを開放する。

「なぜ……こんなことを」

田宮の目尻がほんのり染まっているのがわかった。

怒りのためでも羞恥のためでもかまわない。伊佐の頭にあるのは、田宮の顔を歪め、泣かせたい、それだけだ。

「言っただろ。たまってんだよ」

胸に手を這《は》わせる。指先が乳首に引っかかると、田宮はびくりと肩を跳ねさせた。

伊佐は舌なめずりし、指でそこを尖《とが》らせる。

「……それならちゃんとした女を呼んでやる」

「あんたでいい。あんたも、愉しみなよ。俺、結構うまいし」

「――っ」

田宮が息を詰めた。

乳首を伊佐が舌ですくったからだ。そのまま口に含み、舌先で転がすと、小さな乳首が勃《た》ち上がる。

伊佐は音を立ててしゃぶりついた。

「……う……ぅん」

田宮の胸が喘《あえ》ぐ。

こぼれる吐息にも甘さが混じる。

「どう？　気持ちいいだろ？」

唾液《だえき》で濡《ぬ》れた田宮の乳首は、赤くなって、ぷくりと膨れて、ひどく淫猥《いんわい》だ。伊佐はたまらずなおも吸いつき、舐《ねぶ》り回す。

「伊……佐」

上目で覗いた田宮は、懸命に唇を噛み締めて声を殺しているが、その表情が伊佐を煽《あお》っていると本人は気づいていないのだろう。

身動《みじろ》ぎする仕種《しぐさ》も抵抗には見えない。

「あんた、そういう顔もできるんだ」

想像していた以上の色香に、中心が熱く張り詰めてくる。

セックスは伊佐にとって、生きていくための手段だ。ここ最近は、ほとんど義務としてやっていた。

だからこんなに興奮したことはない。

田宮のスラックスを、下着ごと引き下ろす。

「あ――」

田宮は小さく非難の声をこぼし、直後半身を返そうとしたが、その前に伊佐が脚を割ってしまう。

閉じられないよう身体を入れ、さらに膝を抱えあげた。

「や……めろっ……こんなこと」

伊佐を責める声が震えている。田宮の瞳は、突然降って湧いた出来事にうろたえ、潤《うる》んでいる。

伊佐は田宮の顎に唇を押し当て、手を中心へと滑らせていった。

「あんた、あんまり使ったことないだろ。初体験はいつ？」

否定の意味か拒絶の意味か、田宮が強くかぶりを振る。

羞恥に堪え、打ち震える姿はどんな女の嬌態《きょうたい》もかなわない。

「……ふ……う」

性器を手のひらで包み、ゆっくりと愛撫《あいぶ》する。砲身を擦りながら、時折滲《にじ》んできたものを先端に塗りこめる。

「ここはちゃんと熱いじゃないか」

「……っ」

「声、出せよ」

食い縛った唇を舌先で何度も宥めると、田宮が呼吸のために口を開いた。と、甘い吐息が同時にこぼれ出る。

田宮は恥じ入るようにまた歯を立てようとしたが、そうさせなかった。

すかさず舌を滑り込ませる。

そのまま深く口づけ、伊佐は自分の勃起を田宮の腰に擦りつけながら、手の中の熱い屹立《きつりつ》を追い上げていった。

「ぁ……ぅっく」

「いきそう?」

「……っ」

田宮は強情で、身体はとっくに伊佐に堕《お》ちているというのになおも首を左右に振る。それならと伊佐は、爆発寸前の性器から手を離し、その奥へと忍ばせた。

「あ……」

抗議と躊躇《ちゅうちょ》の混じった声を、田宮が上げる。前者はもちろん中断したからで、後者は、後ろを弄《いじ》られることへの驚きだろう。

「じっとしてな。任せてればよくしてやるから。大丈夫。アナルセックスもしたことある。相手は女だったけど」

「ぁ……厭だ」

田宮の先走りで濡れた指を、後孔《こうこう》に押し当てた。田宮は身体を捩《よじ》り、初めて抵抗らしい抵抗をしてきたが、両手を背中で拘束されてはどうにもならない。伊佐の思うがままだ。

一方の手で膝を折り、押さえつけ、もう一方は開かせるために使う。人差し指で入り口をこね回し、田宮が息を吸ったタイミングを逃さず押し入れた。

「い……ぁ」

すらりとしたしなやかな肢体が、波打つ。

浅い場所を宥めるようにほどかせれば、内部が指に絡みついた。

「う、あ……ぅん」

人形のように綺麗な顔の下に、まさかこれほど淫《みだ》らな本性を隠していようとは。

後ろを弄られても、田宮の性器は少しも萎《な》えない。そればかりか、これまで以上に先端から蜜をあふれさせる。

田宮の色香に伊佐は生唾を飲み込むと、指を二本に増やし奥へと挿入《そうにゅう》する。怖がらせないよう少しずつ抽送《ちゅうそう》させながら、緩ませていった。

「あんた……才能あるよ。すげ……」

指に吸いつく感触に、自身が挿《はい》ったときの快感を想像する。

痛いほど勃起していた。

早く挿りたくてたまらない。

「田宮――」

「あ……ぅ」

後孔から指を抜いた。

すでに抵抗はない。脚を大きく開かせても、田宮は伊佐に逆らわない。

入り口にあてがうと、ひくんと蠢《うごめ》き誘ってくる。伊佐は眩暈《めまい》を覚えるほどの興奮にまかせ、田宮の脚を引き寄せた。

「あ、あ……ぅぅぅ」

仰《の》け反《ぞ》る田宮の胸に口づける。

背中を抱き、乳首を吸いながらゆっくり埋《うず》めていった。

「……んな食いついてくるんじゃねえよ。ほんとにあんた、男初めてか」

「ぅん……あ」

やわらかく締めつけられて、腰が震える。

田宮の内部は伊佐を歓迎し、逃すまいとする。

「俺が男にハマったら、責任とってくれるだろうな」

堪えきれずに、根元まで捩《ね》じ入れた。

田宮は身体を震わせ、体内を痙攣《けいれん》させる。

凄《すさ》まじい快感に、伊佐は呻《うめ》いた。

「待っ……」

脚を抱え上げると、田宮が細い身体をしなわせる。田宮が行為に慣れていないと知りながら、伊佐にはとめることができなかった。

奥を突き上げ、内壁を擦りあげる。吸いつくような締めつけを思う存分味わった。

田宮を溺《おぼ》れさせるはずが、途中からは伊佐のほうが夢中になる。最後には細腰を両手で摑み、自分の大腿《だいたい》に抱え上げて幾度となく揺さぶった。

「う……あぁ」

触れてもいない田宮の性器から、絶頂の飛沫《ひまつ》があふれ出る。そのいやらしい光景を目の当たりにして、伊佐は田宮の奥深くで果てた。

崩れ落ちる身体を抱きすくめ、口づける。

田宮は自力では動かない。動けないようだ。背中で拘束した両手のネクタイを解《ほど》いても、まったく抗う気配はない。

「いい身体してんじゃないか。これからも抱かせろ。じゃないと、今日のこと世間にバラしちまうぞ」

ベッドの下のジーンズから、携帯を拾い上げる。

壮絶な色香を放ち、半ば放心している田宮をカメラにおさめた。

データを確認する。

田宮の媚態《びたい》は静止画像になっても少しも色褪《あ》せず、震いつきたくなるほど色っぽかった。

伊佐は、自分のほうがまんまと罠《わな》に落ちた錯覚に陥る。食ったつもりが、食われたような気分だ。

舌打ちをし、田宮の首筋にきつく歯を立てた。


パジャマの下だけを身につけて、欠伸をしつつゲストルームを出る。

早朝からまた志水が入ってくるのかと思えば、おちおち眠っていられなかった。

田宮の姿はない。

ベッドにぬくもりも残っていなかった。夜中に自分の部屋に戻ったらしい。ことがすんだあと倒れるように伊佐に身を預けたくせに、どこまで気丈なのか。

サニタリールームに向かう。ドアを開けようとすると、先に中から開いた。

田宮だ。

「なんだ。今日はあんたも起きたばっかり?」

バスローブ姿の田宮は、シャワーを浴びたのだろう、濡れた髪が襟足《えりあし》に貼りついている。

間近でそれを見、田宮の匂《にお》いを嗅《か》ぎ、伊佐は股間《こかん》が疼《うず》くのを自覚した。田宮は普段と変わらず、平然としている。まさか昨夜の出来事を忘れたわけではないだろうに、すでにわずかの隙もなければ動揺もない。

「そこ、どいてくれないか」

ドアに立ち塞がっていた伊佐に素っ気なく言い、伊佐が避けると一言もなく去っていった。口止めもしなかった。携帯の写真のことも、いっさい言わない。なかったことにするつもりか。

「——冗談だろ」

それなら伊佐が思い出させてやるだけだ。

無理強《じ》いしたという後味の悪さは消える。

伊佐は顔を洗い、髪を両手で撫でつけた。いったん部屋に戻って着替えをすませ、リビングに顔を出す。

田宮はすでに身支度を整え、昨日買ったばかりのダイニングテーブルにつき、コーヒーを飲んでいた。

田宮の前にはコーヒーと灰皿だけだ。今朝は食欲がないらしい。

空いた席には和食が並んでいる。焼き鮭にお浸し。豆腐の味噌汁《みそしる》。卵焼き。梅干と山菜の佃煮《つくだに》も添えてあった。

「あれ？　田宮さん、今朝は抜き？　なにかあったんだ」

故意に問う。

「食欲がないだけだ」

田宮は伊佐のほうを見ない。興味がないのは寝たあとも変わらないという意思表示ともとれる。

「そういうときこそ食べなきゃいけないいんじゃねえの？　あんた思ったより、細いし」

わざと意味深に言い、伊佐は和食の並べられている席に座った。

早速箸《はし》をつける伊佐に、志水が破顔した。

「今朝はちゃんと食べてくださるんですね」

焼き鮭を突《つつ》きながら、伊佐は軽く頷く。

「腹減ってんだ。昨夜運動したから」

田宮にちらりと視線を投げる。

田宮は朝刊に目を落としたまま、眉ひとつ動かさなかった。

「いいことですね」

志水が相槌《あいづち》を打った。

「運動はいいですよ。部屋にこもったままじゃ、身体が鈍《なま》りますから」

「そうだな。それにぐっすり眠れる」

「そういえば」

志水が田宮のカップにコーヒーのおかわりを注《つ》ぎながら、伊佐から田宮に視線を移した。

「食欲はないみたいですけど、田宮さん、目の下の隈《くま》は消えてますよ。久々にぐっすり眠れたんですね」

「昨夜田宮さんもつき合ってくれたからな」

志水に倣って、伊佐も田宮の顔を観察する。

確かに顔色は悪くない。昨夜の運動が効いて、久々に夢も見ないほど眠れたということか。

「そんなに効果があるなら毎日したほうがいいな。運動」

運動という言葉をことさら強調して言うと、なにも知らない志水が同意する。

「ええ。安定剤より、運動のほうがよっぽどいいでしょうから」

「安定剤？　そんなの常用してんのか」

後半は田宮への問いだった。が、田宮は伊佐の質問には答えず、朝刊を置くと立ち上がった。

「志水さん、困ります。余計なことは言わないでください」

「あ……」

志水は、申し訳なさそうに首をすくめた。

「すみません」

田宮はリビングを出ていく。

伊佐は反射的にその背を追いかけ、寝室に入ってしまう前に摑まえた。

「なにか用か」

眉を寄せる田宮に、息がかかるほど近づく。離れようにも田宮の背後にはドアがあるので、いま以上後ろには下がれない。

細い身体を、両腕の中に囲ってしまう。

「昨日はそんなに眠れたんだ？」

田宮は唇を引き結んでいる。答える気はないようだ。

「あんた、思い切りいきまくってたからなあ」

直接的な言葉で煽ってみても、同じこと。黙ったまま目を合わそうともしない。

「あんたさ……」

軽くあしらわれることにムッとして、もっと傷つける言葉を頭の中で探しているうち、ふと気づいた。田宮は唇の内側を嚙んでいる。平静を装うために、懸命に努力しているのだ。

どくんと、鼓動が跳ねた。この冷たい顔をした男をベッドに組み敷いたのだと思うだけで腹の底が熱くなる。

「――俺も驚いたよ。あんたがあんな、やらしい身体持ってるなんて」

「…………」

「田宮さん、今日も眠らせてやろうか」

同時に、なにを隠しているのか知りたくもなった。

田宮は厚い鎧《よろい》で身を包み、必死で守ろうとしている。男に陵辱《りょうじょく》されてまで、なにをしようとしているのだろう。

前髪に触れようと、手を持ち上げる。が、触れないうちに強い力で突き飛ばされた。

想像以上の反応に伊佐が田宮を窺うと、田宮は瞳を揺らし、なぜか悪いと謝罪してきた。

煽ったのは伊佐なのに。

「――田宮さん」

田宮はふいと視線を外し、半身を返す。ドアを開け、寝室へ入ってしまった。

閉まったドアの前で伊佐は、バツの悪さを味わう。

「……やりすぎたか」

女相手のようにうまくいかない。相手の好みに合わせて、気持ちよくさせなければいけないのに、田宮が相手だと通用しない。田宮のことがまだ少しもわからなかった。

鼻持ちならない金持ちの坊ちゃんだと思っていた。坊ちゃんの気まぐれなのかと。でも本当はちがうのか。あの冷たい顔も、自身を何重もの鎧で固めて隠すためのものなのか。

田宮に接すれば接するほど、その内側を見てみたい衝動に駆られる。

伊佐は自室に戻ると、パソコンの電源を入れた。

田宮が出社したあと、昼食時以外は夕方までずっと張りつく。経済サイトもマスコミ関連のサイトもちゃんと見にいったが、伊佐の目的は他にあった。

人材派遣会社を経営しているという田宮。サイトがあれば、検索できるはずだ。

人材派遣会社。スペース、田宮知則《とものり》。知則という名は郵便物から知った。

検索をかけると簡単に見つかった。

人材派遣会社「ＨＯＮＥＳＴ」。

会社概要。設立は二〇〇三年。社員は二十八名。役員名が、田宮の名を筆頭に四人ほど連ねてある。

契約会社名も並んでいた。有名会社がいくつもあって、経営が順調であることをアピールしている。

もっとも順調でなければこんな豪勢な暮らしはできないだろう。

会社の知識は得たが、田宮についてはまだだ。伊佐は田宮の年齢すら聞いてなかった。

基本的なことよりも身体の熱さのほうを先に知ったなんて、笑ってしまう。伊佐にしても、多少強引に迫った経験ならあるが、無理やりやったのは昨夜が初めてだった。

ドアがノックされる。

「入りますよ」

言葉と同時にドアを開けて入ってきた志水は、ぐるりと室内を見回した。

「短い間に随分生活感あふれる部屋になりましたねえ」

ただの感想なのか嫌みなのか。ベッドの上のTシャツや吸殻のたまった灰皿、飲みかけのコーヒーカップ、志水はそれらのことを言っているとわかっていたが、伊佐は無視した。

「なんの用？」

「ええ。買い物に行ってきますが、なにか欲しいものはありますか」

「べつにない」

パソコンの画面を変えながら答えた伊佐は、椅子を回転させて志水に向き直った。

「志水さんは、普段はなにしてるひと？　一週間に一回の仕事が急に毎日になって、よく都合がついたな」

「ああ、そのことですか。私、じつは田宮さんの会社に登録してるんですよ。週四日ほどは会計事務所に行ってたんですが、先日ちょうど契約が切れて、残り四日もうちに来てくれないかと田宮さんに誘われたんです」

「へえ、そう」

やけにタイミングがいい。

「田宮さんが安定剤を使ってるっていうのは、田宮さんから聞いたことなのか？」

「結果的には。ここに来始めてすぐ、彼が飲んでいる場面にたまたま私が出くわしたので」

「それは、父親の死と関係あり？」

一年前に父親は亡くなった。志水も一年前からこの家に通っているという。偶然にしてはできすぎだ。

「——なかなか鋭いですね」

志水が両手を広げる。いちいち言動が芝居がかっている。

「なにかあったんだ。通常の死に方なら、父親が死んだくらいでそこまで取り乱しはしないだろ」

「父親が死んだくらい、ですか」

「なんだよ」

聞かなくても、この先の言葉は予想がついた。

親のいない人間には、親が死んだ悲しみはわからない。そう言いたいのだろう。

「ああ。『くらい』だろ？」

だからわざとそう答える。

「そうですね。どんな死に方をしても、死にはちがいない。無念や未練は、結局遺された者の勝手な感情なのでしょう」

「……志水さん？」

志水はそれ以上なにも言わなかった。出かけてきますと言い残し、出ていった。

伊佐はベッドに寝転がった。そのうちうとうとし始め、どれくらい時間がたった頃か、喉が渇いてビールでも飲もうと部屋を出た。

リビングのドアを開けると、田宮は会社から戻っていて、ペットボトルに直接口をつけていた。無防備に喉をさらした姿に、伊佐は足を止める。

「あんたにしちゃ、行儀悪くないか」

びくりと田宮が肩を揺らした。弾みでペットボトルの中身がこぼれる。

「今日は早かったんだな」

まだ六時にもならない。昨夜に比べたら、随分早い帰宅だ。

冷蔵庫に歩み寄り、缶ビールを二本取り出した伊佐は田宮にも差し出した。田宮はいらないと断ったが、強引に手に握らせる。

「浴びるほど酒を飲んでみるとか、厭になるほど身体動かしてみるとか、なにかそういうことしてみれば」

昨日は眠れたんだろ、と暗に匂わせる。だが、どうやら田宮は元来他人の感情や思惑に鈍いらしく、伊佐の意図に気づかない。

「いらない」

伊佐の押しつけた缶ビールをカウンターテーブルに置く。伊佐はプルタブを開けてしまうと、しつこく田宮に勧めた。

「いらないって言ってるだろう」

「こっちも飲めって言ってんだよ。それとも、口移しで飲ませてほしいって？」

「……………」

もう一度拒絶したら本気で口移しをしてやろうかと思っていたのに、残念ながら田宮は不承不承ながら口をつけた。

断ったわりにはいい飲みっぷりで、ごくごくと流し込む。

上下する喉を見つめつつ、伊佐も缶ビールを傾けた。

「そろそろ話してくれてもいいんじゃないか」

伊佐が切り出すと、田宮は缶ビールに落としていた目を伊佐に向ける。

まだ伊佐は自分がここに連れてこられた理由を聞いていなかった。

迷いを見せてから、田宮の唇が開く。が、なにも発することなくふたたびその口は閉じられた。

伊佐にもわかった。玄関で声がしたからだ。

「戻ってるのか」

志水の声ではない。低い、よく響く声だ。大股《おおまた》で近づいてくる声の主は、リビングに姿を現した。

「桐嶋《きりしま》さんに、ちょうど表でばったり会ったので」

志水も一緒だったが、伊佐の視線は背後にいる男に釘付けになる。

鋭い眼光を放つ目は三白眼ぎみで、眉間《みけん》の皺《しわ》といい、一文字に結ばれた唇といい、頑強な男のような印象を受ける。整髪された前髪を掻《か》き上げる仕種にも、男の高慢さが表れていた。

年齢は、三十くらいか。

スーツの肩はがっしりと広く、身長はおそらく伊佐と同じほど、百八十を超えているだろう。

だが伊佐が引っかかったのは外見ではない。

「知則」

田宮のことを、男——桐嶋がそう呼んだせいだ。

さらにはほとんど表に感情を出さない田宮が、桐嶋を見て表情を変化させた。一瞬だったが、田宮の桐嶋に対する信頼が伊佐の目にもよくわかった。

甘えと言ってもいいかもしれない。

田宮にとってこの男が特別だというのは間違いなさそうだ。

「東吾《とうご》。いきなり来るとは——どうかしたのか」

田宮も、桐嶋を東吾と名前で呼ぶ。

桐嶋は鼻で笑い、こぶしひとつ高い位置から田宮に向き直った。

「どうしたか？　それはこっちの台詞だ。おまえ、俺になにか言わなきゃいけないことがあるんじゃないか」

居丈高な男の眼光が伊佐を舐める。

伊佐は不躾《ぶしつけ》な視線と態度にムッとし、睨《にら》み返した。

「書斎で話そう」

田宮は、桐嶋を書斎に誘う。聞かれたくない内密な話というわけだ。

桐嶋は最後まで伊佐を値踏みしていたが、田宮とともにリビングを出ていった。

どこまでも高圧的な雰囲気で鼻持ちならない男を、伊佐が気に食わないのは当然のことだった。

「なんだ、あいつは」

田宮のなんなのか。なにか言わなきゃならないことがあるんじゃないかなんて偉そうな言い方を、田宮はどうして許しているのか。

なにより、あの田宮が気を許しているのは明白だ。鎧が一瞬にして剝がれ落ちた。

面白くない。伊佐は苛々と、残っているビールを飲み干す。濡れた口許を手の甲で拭《ふ》き、ソファにどさりと腰を下ろした。

「気になりますか」

キッチンに立った志水が聞く。

コーヒーの香りが、リビングに広がる。暢気《のんき》にコーヒーなど淹《い》れ始めた志水も気に食わず、機嫌の悪さにまかせ伊佐はぞんざいな視線を投げかけた。

「気になるって、なんだよ。なんで俺が気にしなくちゃいけない。確かにあの桐嶋って男はムカつくが、俺には関係ないだろ」

顔も態度も気に入らないが、田宮が許しているなら伊佐にはどうでもいいことだ。伊佐にねぐらと食事を与えてくれればそれでいい。他人のプライベートに首を突っ込む気などさらさらないのだから。

口早にそう言った伊佐に、志水は軽く頷いた。

「じっと目で追いかけておられたから、気になっているのかと思いましたが、そうですね、気にされる理由はありませんでした」

「――ああ」

気になどしていない。が、ちらりとドアに目がいって、なんだよと内心で舌打ちをする。

缶ビールに口をつけるとすでに中身は空で、苛々と伊佐はテーブルに置いた。

ドアが開く。

「ちょうどよかった。コーヒーが滝《はい》りましたよ」

桐嶋が戻ってきた。桐嶋はコーヒーを断るとリビングに入ってくるなり、まっすぐその足を伊佐の座るソファへ向けた。

さっき以上に不躾な双眸が伊佐を見下ろす。

「女のヒモだったらしいな」

挨拶もなしにこんな台詞をぶつけられて、普通に応対できる奴がいたら会ってみたい。伊佐は正面から桐嶋を見据えた。

「だったらなんだってんだ」

桐嶋の眼光が、中身を探ろうとしているかのように鋭くなる。好戦的な態度にしか見えない相手に、そっちがその気ならと伊佐は立ち上がった。

睨み合う。

「年はいくつだ」

「他人に聞くときはまず自分から名乗るのが筋じゃねえの？」

桐嶋は口の端を吊り上げた。

「筋か。ヒモに筋を問われるとは」

「……ヒモヒモってうるせえよ。てめえなんかに」

「桐嶋東吾だ。三十歳」

伊佐の言葉をさえぎり、桐嶋が名乗る。これで文句はないはずだとでも言いたげに、桐嶋は肩をそびやかした。

虫が好かない。

顔も不遜《ふそん》な態度も、全部。

本来なら嫌いな男など相手にしないが、忍耐を掻き集めて伊佐は名乗った。上から物を言う奴に背を向ければ、その後の展開はわかっている。

　こっちが逃げたと判断してますます馬鹿にした態度をとるのだ。この手のタイプなら、うんざりするほど見てきた。

「二十一歳か。確かに女好きのしそうな男だ。女をどうやって誑《たぶら》かす？　成功率はどれぐらいだ」

「なんだって？」

　が、いきなりこれほど失礼な質問をしてきたのは、この男だけだ。伊佐は目を剝き、足を一歩踏み出した。

　息がかかりそうなほど間近で対峙《たいじ》する。

　死んでもこちらから視線を外す気はなかった。

「まあ、いい」

　桐嶋はすいっと簡単に伊佐から顔ごとそらした。

「そのうち店に来い」

「店？　店やってんのか。なんの店だよ。まさか、ぼったくるつもりじゃないだろうな」

　自分は散々伊佐を煽っておいて、伊佐の挑発にはのってこない。すっかり伊佐から興味をなくしたかのように、邪魔したなと志水に告げてリビングを出ていった。

「なんだよ、あいつ。感じわりぃな」

いなくなった男を詰《なじ》ったあと、田宮の姿が見えないことに気づいた。まだ書斎に残っているのか。

伊佐は、志水の淹れたコーヒーを理由に書斎に向かい、ドアをノックすると返事を待たずに開けた。

部屋の真ん中に、ドアに背を向け立っていた田宮が振り返る。伊佐を見ると、わずかに瞳を揺らした。

「……なんだ」

田宮の様子に違和感を覚える。桐嶋となにを話したのか、俄然《がぜん》気になってくる。

「こっちの台詞。考え事？　ぼんやりして」

「べつに考え事などしていない。疲れただけだ」

「そう？　じゃ、コーヒーでも飲んで頭すっきりさせれば」

足を踏み入れながら、室内を見回す。書斎は、リビングに負けず劣らず殺風景だ。十畳ほどの部屋がひどく広く感じる。

デスクと、その横にチェスト。ぎっしりと難しそうな本の並んだ造りつけの本棚。

無駄がないと言えばそうなのだが、あまりに簡素だ。

「机に置いておいてくれ」

田宮は早く出ていってほしいと言外に匂わせる。

伊佐は承知しながら、チェストの上に目を留めた。無駄のない部屋の中で、これだけ異質で目を引く。フォトスタンドだ。

「誰の写真？」

中年の男女が幸せそうに笑っている。田宮の両親だろうか。品のいい紳士と、若い頃はさぞ美人だったろう女性。女性のほほ笑みは、どこか寂しげだ。

「両親だ」

想像どおりの答えが返ってきたのだが、なぜかその言い方に引っかかった。素っ気ない口調が、かえって話題にしたくないのかと伊佐に思わせる。

「へえ。これがあんたの親か。どっちかと言えば、母親似だな」

フォトスタンドを手にとる。

田宮は、即座に伊佐の手からそれを奪った。

他人が触れるのも厭なのか。

「コーヒーを置いて、出ていってくれないか。本当に疲れてるんだ」

フォトスタンドをもとあった場所に戻す田宮の横顔は、言葉どおり疲れて見える。

「わかったよ。すぐ出ていく」

伊佐はデスクの上の封書を避け、コーヒーを置いた。書斎を出ていく前に、もっとも気になっていたことを問う。

「さっきのあの男は誰だよ」

田宮とどういう関係なのか。

「東吾のことか」

伊佐の質問が意外だったのか田宮はわずかに首を傾けたが、早く出ていってほしそうな態度は変わらない。

「兄だ。種違いだが」

気《け》だるそうに答えると、デスクにつく。もう伊佐のほうは見ようとしない。

予想していなかった「兄」という答えにも、伊佐はもやもやとした感情を拭《ぬぐ》うことはできなかった。

いったん植えつけられた印象はそうそう変えられるものではない。伊佐は桐嶋が嫌いだ。

「俺に自分の店に来いってさ」

「…………」

田宮から返事はない。

その背中に伊佐は言葉を探しながら、唇にのせていく。

「あんたの兄貴を悪く言いたくはないけど、あまりいい感じはしないよな。どんな店やってんの？　とても客商売なんてできそうにないけど」

「……東吾が接客をしてるわけじゃない」

田宮の背を、伊佐はじっと見つめる。

「なるほどね。オーナー様ってわけか。従業員は大変だ。初対面の俺にあんな横柄な態度をとるオーナーじゃ。つーか、あんたも大変だよな。そう年は変わらないんだろ？　いい大人になってまで兄貴風を吹かされちゃ」

伊佐の皮肉に、田宮は肩を上下させた。

なにか言いたげに見える。伊佐は、自分が拾われた理由をまだ聞いていなかった。

「田宮さん」

「…………」

「俺の役目、そろそろ聞かせてくれてもいいんじゃね？　俺にはできないことを期待されて、あとで失望したって責められたらかなわないし」

「…………」

返事はない。よほど言いにくいことなのか。それとも桐嶋になにか言われたか。

「伊佐」

田宮が、静かに口を開いた。

「俺はよかったか？」

まさかこんな台詞が返ってくるとは思ってもみなかった。田宮が自分から昨夜のことを持ち出してきたのも意外だった。はぐらかされたのは明白だが、あえて伊佐は質《ただ》さなかった。

「そうだな。よかったよ。癖になりそうなくらい」

黙って田宮が立ち上がる。

振り向き、伊佐に近づいた。その面差《おもざ》しは白いというより蒼く見え、さらに疲労の色が増したようだ。

「なら、またしよう」

「………」

驚いた。一瞬、返す言葉を失うほどに。

確かに抵抗は少なかった。もし全力で抗われたら、いくら伊佐のほうが体重があるからといっても強行できるものではない。

途中からはむしろ協力的ですらあった。

が、田宮が伊佐とのセックスを望むとは、誘われたいまでも信じがたい。

「――なに」

ははと、伊佐は無理やり笑顔をつくる。

「そっちの用はなかったんじゃなかったっけ？　それともやってみたらよくて、俺の味が忘れられなくなったって？」

「そうとってくれてもいい」

「……あんた」

いったいなにを考えているのか。

これではまるで、伊佐を引きとめようと必死になっているようではないか。

「な……んだよ。それならもっと俺をその気にさせてくれなきゃ」

挑発する声が上擦る。思わず喉が鳴った。

性的な匂いがしないのに、なぜか田宮には独特の色香がある。伊佐は昨夜それに気づいた。

いったん意識すれば、頭の中は昨夜の田宮でいっぱいになる。

「どうすればその気になるのか、わからない」

「──そうだな」

伊佐は唇を舐めた。

腹の奥底が疼いてくる。燃えるようなじれったさは、凶暴な征服欲に似ている。

「跪いて、舐めろ」

田宮は一瞬訝しげに眉を寄せたが、聞き返しはしなかった。無言のまま歩み寄ってきたかと思えば、伊佐の前に膝をついた。

「おい……本気かよ」

ジーンズの前を、ぎこちない手が開く。ジッパーを下ろした田宮は下着を捲り、伊佐の性器を摑み出すと、唇を近づけた。

伊佐のものは、刺激を受ける前から痛いほど勃ち上がっていた。

「……ふ」

焦《じ》らすことなくやわらかく熱い口中に含まれ、息がこぼれる。田宮は懸命に頭を動かす。舌も使わなければ、締めつけもせず吸いもしない稚拙な愛撫。それでも、これまで味わったことのない高揚に足の爪先まで痺《しび》れた。

「あんた……下手だな。俺がほしいなら、もっと巧《うま》くなれよ」

「ぅんっ」

田宮の後頭部を両手で鷲掴みにする。固定しておいて、腰を突き入れた。

「う、う、ん」

苦しそうな呻き声さえ性感になり、伊佐はあっという間に頂点に駆け上がる。

「口に出してほしいか。それとも、その人形みたいにお綺麗な顔にぶっかけてやろうか」

返事を期待したわけではない。田宮に、卑猥《ひわい》な言葉をぶつけるという行為そのものに興奮するのだ。

激しく突き入れると、伊佐は口から引き抜いた。

「うぁ」

絶頂の声がこぼれる。

伊佐の吐き出したものが、田宮の顔を汚す。飛沫は頬や顎ばかりか前髪にまで散った。

咳《せ》き込む田宮の腕をとり、強引に立たせる。デスクに上半身をのせてしまうと、背後から覆いかぶさり、ベルトを外した。

「……伊佐……っ」

「なに？　口でやって終わりだと思ったのか？　あんたが誘ったんだ。最後まで責任とれよ」

叫べば志水がやってくるだろう。いまならまだ見られても、伊佐に襲われそうになったですむ。

「どうした？　なにも言わないなら、やっちまうぞ」

脅しの言葉とともに、下着ごと、スラックスを膝まで下ろす。足首まで蹴《け》って落とし、田宮の双丘を割った。

田宮は身を硬くしたが、やはり厭がらない。じっと伊佐の仕打ちに堪えている。

「自分のケツまで使って、俺を懐柔してどうする。まさかあんたの派遣会社って、マジでこっち系の仕事を斡旋《あっせん》してんのか」

コーヒー用に持ってきたポーションタイプのミルクを開ける。尻の狭間《はざま》に垂らした。

まるで精液のように見えて、達したばかりの中心が熱くなる。

昨夜の今日で、田宮の後孔は赤く腫《は》れていた。それがかえっていやらしくて、伊佐は、はやる気持ちで指を触れさせた。

「……ぅ」

田宮は背中を震わせるだけで、伊佐のしたいようにさせる。従順な田宮を前に、激しい劣情を覚える一方で苛立ちを隠しきれなかった。

なぜ伊佐を拒まない。

田宮にとっては屈辱でしかないはずなのに、堪えるのはどうしてなのか。

頭の中で田宮を詰りながら、クリームの助けを借りて指を挿入した。

「あんた……フェラは下手なくせに、こっちの口は最高だな」

「う……ぁ」

二本の指を出し挿《い》れして緩め、広げる。

クリームの濡れた音と、荒い息使いが書斎に響く。田宮の呼吸が乱れているのだと思ったが、田宮以上に自分の息が上がっていると気づいた。

「くそ……っ」

指を引き抜いた。

伊佐は自身を手で数回扱くと、指の代わりにあてがう。

「あんたが誘ったんだからな」

いまさら言い訳を口にし、田宮の中をじわりと埋めていった。熱い、やわらかな粘膜を存分に味わいながら。

体内に広がる薄靄《うすもや》のようなわだかまりをぶつけるかの如《ごと》く、伊佐は背後から田宮の身体を奪い尽くした。

3

新聞を読む以外は、一日じゅうパソコンに向かうことが多くなった。なにを真面目にやってんだかと自分で不思議に思いながらも、経済界のニュースのみならず下世話なスキャンダルにまで目を通していった。

世の中でなにが起こっていようと、自分が安泰ならそれでよかったので知らないことばかりだ。知識を得るのはどんなくだらない小さなことでも、思っていたより飽きない作業だった。

意地もある。半ば対抗意識のような意地だ。

田宮は、伊佐の誘いを断らない。

田宮のマンションに来て、四日。

この四日、伊佐は田宮の寝室で、伊佐のベッドで、バスルームで田宮を抱いた。たった一度の証拠のつもりで携帯で撮った写真は結局必要なかった。

セックスつきの快適な暮らしは、軟禁状態であることを除けばなんの不満もない。物には不自由しないので、それすら些細《ささい》な問題だった。

が、伊佐のわだかまりは徐々に膨らんでいく。

「……なんであんなに必死なんだ」

椅子の背に上半身を預け、パソコンの画面を睨みつける。あまりに情報が少なすぎて、田宮に関しては調べようがない。

年齢は聞いた。二十七歳だ。

いま伊佐が知っているのは、名前と年齢、職業だけになる。普通は何日か家にいればわかるような交友関係でさえ謎だ。電話ですらインテリアでしかなく、少なくとも伊佐が来てから一度として本来の用途を果たしていなかった。

誰からもプライベートな電話がかからないなんて、あるだろうか。プライベートの電話は携帯にかけるよう徹底しているのだろうか。

「…………」

伊佐は背凭《せもた》れから、背中を離した。

唐突に頭に浮かんできた文字があった。

伊佐が書斎で田宮を抱いたとき。あのときコーヒーを置くために伊佐は、デスクの上の封書を避けた。

確かあの封書にプリントされていたのは。

「笹原《ささはら》法律事務所」

キーを打ち込む。エンターキーを押すと、相当数がヒットした。

伊佐はディスプレイに顔を近づけ、自分がなにを探そうとしているのかわからないまま、並んでいる文字に目を通していく。

サイトを見つけた。

最終更新日は、ちょうど一年前だ。サイトは法律事務所という硬いイメージを払拭《ふっしょく》するためか、明るく優しいデザインで統一されている。

プロフィールをクリックする。

笹原保《たもつ》という名と、簡単な経歴があった。有名大学の法科を卒業後、検事をへて、十年前に弁護士になっている。

弁護士見習い・森村《もりむら》のブログ――というのがあって、伊佐は新しい日付からさかのぼって読んでいくことにした。

最終更新日はどうやら、このブログを更新したもののようだ。

葬儀の参列者への謝礼が切々とつづられていた。志半ばで事故に遭い、笹原もさぞ無念だったろう、とも。

笹原は、部下や依頼者から信頼されていた人間なのだろう。

コメント欄の書き込みも驚くほどの数だった。どれもこれも笹原の死を嘆くものばかりだ。どれほど笹原に世話になったか、助けられたか。

「これは――」

その三日前のブログが、笹原の突然の悲報となっている。感情的にならないためだろう、深夜交通事故に遭い、残念ながら帰《かえ》らぬひとになったと事実だけが書いてある。

それから、葬儀の日時、場所。

喪主は——。

「桐嶋東吾」

さらにさかのぼっていくと、二ヶ月前には放火事件があった。停めてあった車に火をつけられ、笹原法律事務所も半焼したとある。

森村は控えめな文章で、放火犯に対する怒りを書いていた。放火犯は近くにすむフリーターだった。

伊佐はサイトを出ると、今度は笹原の名と事故、放火で検索した。思ったとおり、人気弁護士の事故として新聞で報じられている。

深夜の高速道路で笹原はセンターラインをオーバーし、中央分離帯に激突した。即死。原因は、居眠りだったとある。

週刊誌の記事も見つけた。笹原の遺留品から睡眠薬が出てきて、ある知人の話では、心労から常用していたと書かれていた。

笹原さんと近しいK氏は、常用などしていないと否定——このKは、桐嶋のことだろうか。べつの記事を探す。

ここでもKという名を見つけた。そして、笹原とKの関係が書かれてあった。

――笹原氏の義理の息子であるK氏。

伊佐はパソコンを閉じた。

Kは十中八九桐嶋のことだ。となれば笹原と桐嶋、そして田宮の関係が見えてくる。

田宮の父親が死んだのも、笹原が事故で死んだのも一年前。

が、それだけだ。

笹原が田宮の父親だとしても、それが伊佐に関係してくるかどうかわからない。関係ないかもしれない。

ベッドにごろりと寝転がった伊佐は、桐嶋と田宮、それから顔を知らない笹原のことをあれこれ考える。

一年前の事故が、どうしても引っかかった。

ドアがノックされる。

「田宮さんが戻られましたよ」

志水だった。

伊佐はベッドから起き上がり、部屋を出る。田宮は着替えをすませ、リビングで煙草を吸っていた。

伊佐の顔を見ても、表面上はなんら変わりない。だが伊佐は、田宮のべつの顔を知っている。このすました顔が快楽に歪むところを。

なぜ田宮は伊佐の好きにさせるのか。

身体を餌《えさ》にしてまで、なにをさせようと企んでいる？

「田宮さん、俺、これから行きたいところがあるんだけど」

田宮は手にしていたカップを置き、予想していた返答をした。

「悪いが、あきらめてくれ」

伊佐は些細な変化も見逃さないよう、田宮を凝視しつつ先を続けた。

「けど、断るのも悪いだろ？　せっかく店に誘ってくれたのに」

「…………」

「どうすんの？　俺は、桐嶋さんの店を見てみたいんだけど」

眉がわずかに寄る。頭ごなしに突っぱねたくせに、桐嶋の名を出した途端に態度が軟化する。

素晴らしい兄弟愛だ。固い絆《きずな》で結ばれている。これが映画だったら思わず噴き出し、拍手でもしているところだ。

ふたりが兄弟と聞かされていなかったなら、間違いなく伊佐は桐嶋との仲を疑っていたにちがいない。

田宮は思案顔になったあと、わかったと答えた。

「俺も行こう。ちょうどいい機会だ」

「よかった。あとで文句言われたらどうしようかって思ってた。あのひと、怖いからね」

桐嶋はきっとなにか知っている。しかも、それに関してあまりよく思っていないような印象を受ける。

田宮もそれを承知しているから、桐嶋の顔色を窺っているのではないか。

「——東吾は、誤解されやすいが、意味もなく怒ったりはしない」

他人に無関心な田宮が、桐嶋を擁護する台詞を口にした。

ちりっと、苛立ちが心臓を焦がす。気に食わない男を肯定されたせいかもしれない。

「べつにどうでもいいよ」

店を見たいと言いながら、どうでもいいなんて矛盾しているのはわかっていた。でもこの苛立ちはどうしようもない。

リビングのドアを開ける手をとめ、振り向かずに背後に声をかけた。

「出かける時間になったら呼んで」

その足で部屋に戻ると、ふたたび横になる。

いっそ、笹原の名を出してやればよかった。そうしたら田宮はどんな反応をしただろう。あの綺麗な顔を、曇らせるのか紅潮させるのか。

田宮のことだから動揺したにしても、きっとほんのわずかだ。わずかな変化を見極めるために、伊佐は片時も田宮から目を離すわけにはいかない。ここに来てからずっと、田宮のことばかり考えている。

一時間余りたった頃、ドアがノックされた。

伊佐を呼びにきたのは、志水だった。

「これに着替えてください」

志水が両手で差し出したのは、店名のプリントされた箱だ。

「おそらく大丈夫だと思いますが、既製品なので多少のサイズちがいは我慢してください」

スーツを着なければいけない店らしい。

箱の蓋《ふた》を開けた伊佐は、口笛を吹いた。

「また高そうなスーツだな」

「着替えたら、すぐ出かけますので」

「OK」

志水が出ていくのを待って、伊佐はシャツを脱ぎ捨てた。

スーツを身につけ、部屋を出る。

リビングに入っていくと、すでに自身も支度をすませた田宮が待っていた。

「お似合いですよ」

と、志水。

「身長があるし、バランスがいいからなんでも似合うんでしょうね。伊佐くんが女性にモテるってことを、うっかり忘れるところでした」

志水が言うと、褒め言葉には聞こえない。どちらかといえば、「忘れるところ」のほうを強調されたような気がする。

志水もわからない男だ。

田宮からどう説明されているのだろう。突然家に入ってきた男を、なんの抵抗もなく受け入れたからにはなにか知っているはずだ。それとも、雇い主には忠実なタイプなのか。

考え出すと、なにもかもが疑わしい。志水にも目的があるような気もしてくる。

「伊佐」

田宮に呼ばれ、思考をとめた。

田宮は黙って伊佐に歩み寄り、伊佐をソファに座らせた。

「じっとして」

田宮の手にあるのは整髪料だ。罎《びん》の蓋を開けると、ふわりと甘めの香りが鼻をくすぐる。

知っている香りだ。

なにかと考えて、思い当たった。

田宮の香り――田宮が普段使っている整髪料だ。

「つけ慣れないと、気持ち悪いかもしれないが」

そう前置きして、田宮は両手で伊佐の髪に触れた。

ゆっくりと撫でつけられる。

不思議な感じがした。髪を撫でられた記憶など伊佐にはない。これは初めての感覚だ。

田宮が伊佐を見て、目を細める。そっと伊佐の髪から離れていく手を、反射的に引きとめていた。

「……伊佐」

「あ。わり」

慌てて離す。なにをやっているのだ。

「男ぶりが数段上がりましたよ」

茶化してくる志水にも、伊佐はちらりと一瞥しただけでなにも返せなかった。

「行こうか」

田宮が言い、三人で部屋を出る。どうやら田宮の運転手は呼ばず、志水が車を出すようだ。

エレベーターで直接地下駐車場に向かう。

空調がきいていたのはエレベーターの中までで、駐車場に出るとむっとした熱気が身体じゅうに纏《まと》わりついた。その不快さに思わず眉をひそめる。

「よくいつもこんな格好してるな。それだけで尊敬するよ」

暑さと息苦しさに堪えられず、ネクタイを緩める。毎日スーツなんて着てよく厭にならないものだとため息をつく伊佐に、田宮の答えは簡潔だった。

「慣れだ」

慣れるものだろうか。

すでに伊佐は背中に汗を掻いてしまっている。一方田宮を見れば、まるで暑さなど感じさせない。

「あとは学習」

「慣れと学習？　……どっちにしても俺には向かねえな」

最後は独り言のつもりだったのだが、聞こえてしまったようだ。

田宮はそうでもないと、伊佐に言う。

「朝七時に起きているし、食事中立膝をすることもフォークを振ることもなくなった」

「それは無理やりだろ」

「慣れも学習も、最初は無理やりだ」

「そんなもん？」

思わず明るく返して、ＢＭＷの後部座席に身体を押し込みながら伊佐は眉を寄せた。この程度の飴《あめ》で機嫌が直るのかと、さっきの整髪料のこともあって自分が情けなくなる。

振動をほとんど感じさせず、車は動き出した。

「桐嶋さんの店って、どんなの」

狭い空間に並んで座っていることに落ち着かず、伊佐から話題を振る。

「いくつかある。女性をターゲットにしたものから、風俗店のようなものまで。今夜行くのは普通のバーだ」

田宮の答えを待って、質問を重ねた。

「クラブみたいな？」

「若者が行く店のことか？　どうだろう。たぶん、雰囲気はちがう。客の年齢層は、比較的高めだから」

「なるほど。金持ちを対象とした店というわけか」

否定しないところをみると、間違ってないようだ。

田宮は、金持ちであることを鼻にかけることもなければ謙遜もしない。人種がちがいすぎて理解できないと伊佐が言っても、あえて伊佐に合わせもしない。

伊佐のことをどう思っているのだろう。

身体の隅から隅まで知っているというのに、いや、むしろそれだからか、田宮への疑問は日々膨れ上がっていく。

三十分ほどで風景は変わる。

煌《きら》びやかなネオンで彩られた街には、年齢性別、国籍すら問わずいろんな人間が蠢いている。

派手な服に身を包んだ者。若いグループ。会社帰りのサラリーマン。男女のカップル。その隙間を縫うようにキャッチやホストが渡り歩いている。

店もいろいろだ。

客引きが必死で声を張り上げているキャバクラや、ピンサロはもちろんのこと、順番待ちの女の子が大勢連なっている店もある。

ビルの三階の看板は、ピンク専門のレンタルビデオ店。大人の玩具という文字も見える。

ある意味、なんでもありだ。

伊佐の乗る車はそれらの店の間を進んでいく。

「いま『ＰＥＴＡＬ』ってキャバクラがあったのわかりました？」

志水が運転席から話しかける。

「わかんねえよ。あんだけあったら」

「桐嶋さんの店。女の子の質がいいっていうんで、すごく人気らしいですよ。あと、そこにある『ＬＩＰＳ』ってデートクラブもそう。この手の風俗店をここ以外にも八店舗持ってお
られるみたいです」

「……へえ」

「あ、でも期待しないでくださいね。これから行くのは健全なバーだから」

桐嶋の、他人を見下したような視線の理由がわかったような気がした。夜の街で派手に稼

ぐのは男の夢みたいなものだ。

桐嶋はその夢を手に入れた男というわけだ。

こんな店をいくつも持っていたら、不遜になるのも頷ける。

徐々に車は喧騒から離れていく。

雰囲気が変わったのは、店の種類が変わったせいだ。自ずと客層もちがってくる。道路で大声を上げる者などひとりもいない。

毒々しいネオンとは無縁の界隈《かいわい》だ。道の両脇に立ち並ぶ日本料理店や高級クラブ、バーの佇《たたず》まいはこれまでの店とはまったく別物と言っていい。一般人は近づきがたい感じさえする。

志水が車を停めた。

「連絡してくだされば、迎えに参りますので」

田宮が先に降り、伊佐も従った。

目の前にあるのは、暗いオレンジ色のライトに照らされた木製のドアだ。中央には金のプレートがあり、流れるような文字で彩花《さいか》とある。

名前の付け方も、さすがにキャバクラとはちがうようだ。

田宮はドアを押した。

滑らかにドアが開くと、伊佐にも馴染《なじ》みのあるジャズのスタンダードナンバーが流れていた。

赤い絨毯を踏み、足を進めながら伊佐はそれとなく薄暗い店内を見回す。

右手には半楕円形のカウンター席があり、黒服のバーテンダーが客と談笑している。その背後には見事なほど美しく多種多様の酒が並び、同じ数だけのグラスもディスプレイされていた。

八つほどあるテーブル席はすべて埋まっている。テーブルとテーブルの間隔は広く、ゆったりしたムードで、客もくつろいでいる様子だ。

テーブルやソファは黒で統一され、絨毯の赤とのコントラストは派手な印象でありながらも下品な感じはしない。天井からぶらさがっているシャンデリアも、華美になりすぎないぎりぎりの雰囲気を保っていた。

当然、男はみなスーツ姿だし、女もそれなりにフォーマルな衣服を身につけている。カジュアルな服装の者などひとりとしていなかった。

「田宮様」

歩み寄ってきたのは、二十代半ばのクラークだ。黒いスーツの彼は田宮の前で、慇懃《いんぎん》に腰を折った。

「お久しぶりです」

田宮が微《かす》かな苦笑いを浮かべる。

「すっかりご無沙汰《ぶさた》してしまって」

「最後にいらしてくださって、半年以上たちますか。皆寂しがっておりました」

「すまない」

田宮は、視線をぐるりと一周させた。

「相変わらず盛況のようですね」

「はい。おかげさまで」

「今日、桐嶋は顔を出す予定になってる？」

「いいえ。ですが、お呼びいたしましょう」

「頼みます。それと、いつものボトルを」

「承知いたしました」

クラークとの親しげな会話を終わらせ、田宮は奥へと足を進める。個室があるとは知らなかった。

ドアを開けると、室内は八畳ほどの空間だった。テーブルとソファだけなので、広々している。

さすがにカラオケボックスとはちがう。

田宮はソファに腰かけると、すぐに煙草を銜《くわ》える。居心地がよさそうには見えない。

「あまり店には来てないんだ」

兄弟のやっている店なら、ただ酒が飲めると足繁く通ってもいいはずだ。単純な質問だったのだが、田宮はそうはとらなかった。

「ここは、好きじゃない。厭な記憶が詰まってる」

煙を吐き出しながら、意外な台詞を口にする。いつも禁欲的にも思えるほど畏《かしこ》まったイメージのある田宮が、めずらしくルーズな仕種で脚を組んだ。

「この部屋は東吾が俺のためにずっとリザーブしてる。いつでも飲めて、酔いつぶれてもいいように。半年前までは通い続けた」

伊佐にもピンとくる。

「……笹原さんが死んだから？」

「………」

田宮が睫毛を瞬《しばたた》かせた。笹原の名を知っていたことに驚いたようだ。

が、すぐにまた目を伏せると、気だるげに煙を吐き出した。

「笹原さんは、正義感が強くて優しいひとだった。自分を裏切るような真似だけはしちゃいけない。自分を信じてあげなさい——子どもの私たちに、いつもそう言ってたよ」

私たちとは、田宮と桐嶋のことなのだろう。

「笹原さんは、あんたの父親？　それにしては苗字《みょうじ》がちがう。母方の名でも名乗ってんの？」

父親のことを苗字で呼ぶのも変ではないのか。

「いや」

田宮はかぶりを振った。

「私も東吾も、笹原さんとは血が繋《つな》がっていない。私と東吾は母親が同じだ。母が笹原さんと再婚して——彼は私たちを本当の息子同様に育ててくれた」

「養子には入らなかったんだ？」

「自分の名に誇りを持つようにというのが、笹原さんの口癖だった。親の都合では変えられないから、どうしたいか選んでいいと。紙切れ一枚あろうとなかろうと、きみたちは僕の息子だって言って」

田宮の目の下には、蒼く血管が透けて見える。この店に来てからも疲労は増したようだ。

「あのときは笹原さんに負担をかけるような気がして、養子の話は断った。でもいまは、どうして意地を張ったんだろうって後悔してる……父さんと一度も呼ばなかった。結局なんの繋がりもなくなった」

かける言葉が見つからない。

そもそも父親というのがどういう存在なのかわからないのに、義理の親子関係などこれっぽっちも想像できなかった。

繋がりなんて、片方が死んでしまえばなくなるのは当然だろう。

なんと言えばいいのか戸惑っていると、ドアが開いた。桐嶋が入ってきた。その後ろにはクラークもいたが、酒の用意だけ終わらせると速やかに去っていった。

桐嶋は伊佐の向かい、田宮の傍《そば》に腰を下ろし、田宮の前髪を片手で掻き上げた。

「顔色が悪いな。寝てないのか」

田宮がかぶりを振る。

「そんなことない。たまたま今日、忙しかったんだ」

髪から離れた手は、田宮の目の下も撫でた。

態度も言葉も横柄だが、弟のことは思っているらしい。伊佐に横柄に当たるのも、弟を案じるゆえだと思えば納得がいく。

「半年ぶりに顔を見たって、須見《すみ》が安心してたぞ。よそで酔いつぶれてるわけじゃないと、一応フォローしておいたんだが」

須見というのは、応対してくれたクラークだろう。

「ごめん。本当に仕事が立て込んでて」

田宮の言い訳を、嘘つけと桐嶋は鼻であしらう。

その目が次には、伊佐に向けられた。

「似合うじゃないか。上等だ。せいぜい餌になって、奴の女を腑抜《ふぬ》けにしてくれ」

「奴の女？」

意味を図りかねて、桐嶋を窺う。

桐嶋は田宮と伊佐の間で一度視線を往復させると、やれやれと肩をすくめた。

「知則、おまえなにも言ってないのか。なにやってるんだ」

「――これから、話す」

田宮が答える。

田宮が言い渋っていた、伊佐の役目のことだ。どうして田宮が伊佐を拾ったのか。

「私は」

重い口を開いた田宮を、桐嶋が制する。ついでに俺が話すと割って入り、伊佐をその鋭い双眸でとらえた。

「俺たちの義理の父親が、一年前に死んだ。睡眠薬を服用した後、高速道路で中央分離帯に突っ込んで即死だ」

伊佐がネットで得た情報だ。

この情報が正しければ、おそらく伊佐はいまここにはいない。

「笹原さんは、睡眠薬を常用していない。一度として服用したことはないだろう。俺たちの母が、一時期睡眠薬に依存していたからだ」

田宮は相槌を打たない。黙って、なにもない空を睨んでいる。

「創建《そうけん》という会社を聞いたことあるか。M&Aを手がける会社だ」

いままでの伊佐なら、知るかと答えていた。が、ここ数日ネットや新聞で経済関係の情報

を得たために、その名には憶えがあった。何度かテレビでも取り上げられたらしい。

伊佐が頷くのを確認して、桐嶋が話を再開する。

「あそこは暴力団と癒着《ゆちゃく》している。暴力団を使って汚い手段で会社を買収して、その見返りに金銭を渡している。ときには相手を脅して自殺に追い込むこともある。笹原さんは、証拠を摑むために動いていた。その中で放火事件があり、二ヶ月後には笹原さん自身が死んだ」

「なにか摑んだから、消されたと？」

伊佐は初めて口を挟む。

桐嶋はそうだとも、ちがうとも言わない。

「知則は、笹原さんの遺志を継ごうとしている。証拠を摑んで、創建と社長の加治《かじ》を失脚させる。それが知則の狙いだ」

田宮からの反応はない。

桐嶋は乱暴な仕種で前髪を搔き上げた。

「こっちもヤクザを使って、さっさとバラしちまえばいいって俺は何度も言ってるが、知則は耳を貸さない。それじゃ意味がないんだと。勝手におまえみたいな奴を拾っちまって、この一年の俺の説得が水の泡だ。ったく、頭が固くてどうしようもない」

これだけの店を所有しているのだから、桐嶋にもその筋の人間とのつき合いはあるのだろう。桐嶋は文句を言いつつ、田宮の気持ちを優先しているのだ。

「で？　俺はなにをすればいいわけ？」

ようやく話が見えてきた。田宮は、義父の遺志を継ぐために伊佐を使おうとしているのだ。これまで切り出さなかったのも、伊佐が相応《ふさわ》しいかどうか、承知するかどうか、それらを見極めるためだったのだろう。

「加治の愛人を抱き込んで、加治に近づけ。おまえは、女を誑かすのは得意だろう？」

「ああ。それで生きてきたからな」

桐嶋が伊佐の返答に口の端を吊り上げる。

田宮の表情にはなにも変化がない。いまの話を聞いていたのかと疑いたくなるほど、ぼんやりして見える。

「田宮さん」

声をかけると、田宮はようやく伊佐へと目を向けた。

「いつ決行すればいい？」

伊佐の問いかけに、気つけ代わりのブランデーを一気に飲み干すと、大きく胸を喘《あえ》がせる。その後、底光りする双眸でまっすぐ伊佐を射抜いた。

これほどわかりやすい田宮は初めてだ。いまの田宮の怒りは、伊佐にもはっきり伝わってくる。それだけ加治に対する恨みが大きいのだ。

「マンションを買ってある。そこに明日から住んでくれ。おまえが狙《ねら》うのはこの女だ」

テーブルの上に写真が出された。

三十前後の派手な女が笑っている。なかなかの美人だ。

「この女を誑かして、加治って男に近づいて、それからどうすればいい？」

「うまく近づけてから、また指示する。すべてが片づいたときは、マンションはおまえのものだし、約束どおり謝礼も払う」

田宮が人差し指と中指を立てた。

伊佐は信じがたい金額に、思わず乾いた笑いをこぼす。

おいしい話だ。が、それだけ危険を伴うのだろう。

「契約成立だな」

伊佐がそう告げると、桐嶋がグラスを差し出した。田宮のグラスにもブランデーが注がれ、三人で乾杯をする。

「成功を祈って」

桐嶋の言葉に、伊佐は頷き、ブランデーを呷《あお》る。

強い酒に眉をしかめた伊佐の前で、田宮は二杯目もまるで水のように喉に流し入れた。

「戻ろう」

グラスをテーブルに置いた途端に立ち上がった田宮に、伊佐も倣う。

個室を出る直前、桐嶋に耳打ちをされた。

「忘れるな。おまえはただの駒だ。おかしな気を起こすなよ。知則になにかあったときは、俺が許さない」

桐嶋は、田宮と伊佐の関係に気づいているのか。

この際それでもかまわない。今回の件では、伊佐が主導権を握っているのだから。

「あんたも、とんだブラコンだな」

桐嶋に流し目をくれ、伊佐は個室をあとにした。

歩きながら説明されたことを思い返すと、ぶるっときた。武者震いだ。

一年もの間田宮が望んできたことを、伊佐が実行する。そう思うとひどく気持ちが昂ぶった。

なのに前を行く田宮の背中は、どこか頼りない。腕を摑んでいないと、どこかへ行ってしまいそうだ。

望み続けてきたことが、ようやくかなうかもしれないのに。

そのギャップを埋められず、伊佐は背中に声をかけることができなかった。

「笹原さんの初恋だったらしい」

ベッドで田宮は煙草を吹かしながら、ぽつりとこぼした。

電気のついていない寝室は、仄暗《ほのぐら》い。

夜空に浮かぶ月の光だけが静かに田宮を照らす。

「母親は二度結婚して、二度ともDVで離婚している。一度目が東吾の父親で、二度目が私の父だ。幸か不幸か相手はふたりとも資産家だったために、親権は父親が持つことになり、母はひとり追い出された。けど、父親は再婚し、子どもができたせいで、前妻との息子なんていらなくなった。よくある話だ。小学五年のとき、寮のある学校に転校した。当時は母を恨んだこともある。どうして手紙ひとつくれないのかって。父が処分していたなんて、知らなかったから」

田宮は淡々と語っていく。酒が残っているのか、感傷的になっているのか、田宮はいつになく饒舌《じょうぜつ》だ。

伊佐は、月明かりに浮かび上がる端整な横顔を見つめた。

「三年たったある日、知らないおじさんが迎えに来てくれた。お母さんと一緒に暮らそう、そう言って。それが笹原さんだ。東吾はそのとき十七で、家を出て、年をごまかして夜の街で働いていたらしい。何度行っても突っぱねられて、笹原さんは、東吾のもとには数え切れないほど通ったという話だ。東吾が根負けして、一度きりならと母親と会うことを承諾したっていうから。東吾の名前は知っていたが、実際会ったのはそのときが初めてだ。母の前で。

だけど、お互いのことを牽制《けんせい》しあう余裕なんてなかった。久しぶりに会った母の衰弱した姿に、私も東吾もしばらく声がかけられなかったほどだ」

田宮と桐嶋、それから笹原の間にあるもの。

血以上になにか強い鎖のようなもので繋がれているのかもしれない。少なくとも田宮は、笹原を強く思っているから復讐《ふくしゅう》しようとしているのだ。

「偶然再会した初恋のひとの命の火が消えそうだと知って、笹原さんは最後の幸せを叶《かな》えようとしたんだよ。余命半年の母と結婚し、私と東吾を家から通える学校に行かせた。母と私たちのために、あのひとが与えてくれたものの大きさは言葉では語り尽くせない。母の死に目に会えたのは笹原さんのおかげだ。穏やかな母の死に顔は、いまでもはっきり思い出せる。本当に幸せそうだった。その後も私たちふたりを大学まで行かせてくれて——あのひとがいなかったら、たぶん世を儚《はかな》んで、いま頃私はここにはいなかっただろうな」

田宮は自嘲し、煙を吐き出す。

伊佐は、田宮の剝き出しの肩に指先を触れさせた。

「なんで俺にそんなことまで話してくれんの？」

田宮が静かに瞬《まばた》きをする。

綺麗な澄んだ瞳だ。悲しみのせいで、湖水のように蒼く見える。

「——さあ、どうしてだろう」

身体を差し出し、心を吐露する。

笹原への想いや復讐心がそうさせるのだとしても、伊佐にはちがう。田宮の苦悩や弱さが伊佐に流れ込んできて、胸がざわめく。

ただ同調しているだけなのか、それとも田宮に対する同情なのか、こんな気持ちを味わった経験がない伊佐にはわからないが。

「俺に身体まで好きにさせて。自分でやろうとは思わなかった？」

「何十回も」

田宮の口許に苦さが増す。嘘ではないのだ。

「でも自分ではできない。私がどうにかなれば、真っ先に東吾に迷惑がかかる。会社も無事ではないだろう。だから、おまえしかいない」

「いくらでも代わりがきくようなこと、言ってなかったっけ」

伊佐を拾った理由をなかなか言い出さなかったのもいまなら頷ける。関係を拒まなかったのも、伊佐がどうしても必要だったからだ。

「代わりなんていない」

田宮はかぶりを振った。

「女を誘惑できるルックスとテクニックがあって、天涯孤独じゃなきゃいけない。守るものがある人間は、いざというときに迷う。家族にも迷惑をかける」

確かに伊佐なら適任だ。

守るものもなければ、女を誑かすことに関してなら筋金入りだった。万が一のときでも、誰も悲しむひとなどいない。

伊佐がいなくなったことにも誰ひとり気づかないだろう。

「そうだな。俺以上の適役はいなさそうだ。なにしろ、七つのときからひとりで生きてきた」

一瞬だけ田宮は視線を伊佐に向ける。

伊佐は気づいていた。田宮のまなざしが気になるのは、なんの感情も見えないところだ。わずかの憐みもない。

自分より下の人間に対しての優越感も、まったくない。

だから伊佐は、苛立ちと同時に心地よさも覚える。

「施設で育ったんだったか」

「そう。最悪の場所。まさに家畜の気分だった。十畳ほどの広さに五人が押し込まれて、プライベートなんてありゃしねえ。軍隊並みに細かく規律があって、乱したら食事抜き。食べ盛りの子にはこれが一番効くんだよ」

思い出せば、よくあんなところに十一年もいられたと不思議になる。園長は子どもの名を呼ばなかった。すべての子が「おまえ」だ。

「まあでも、母親よりはマシだったかもな。母親が死んだとき、俺はほっとしたよ。もう殴られずにすむから。あの女は、絶対自分の手じゃ殴らない。知ってるか。プラスチックの定規は強烈に痛い。そのくせたいした傷にもならない。一番ひどかったのは、俺が友だちから借りた木製のバットで遊んでいたとき。あの女は泥棒扱いして、バットで厭というほど殴った。肋骨《ろっこつ》が折れて、病院で金属を入れてもらったんだけど、二度目はなかったから俺の身体の中には金属が入ったままだ。これじゃ飛行機にも乗れやしない」

「——伊佐」

田宮が煙草の火を消す。同じ手をベッドに寝転ぶ伊佐の髪に滑らせた。

「よせよ」

田宮の手を厭がり、逃れる。

「同情してほしくて話したわけじゃない。むしろ逆。あんたは同情しないだろ」

「同情じゃない」

田宮はかまわず、また伊佐の髪を梳《す》いた。

「だったらなんだよ」

田宮の手は嫌いではなかった。必要以上の感情がこもらないから。さらりとして、あとを引く。

「わからないが、たぶん、傷を舐め合いたいんだろう」

「なんだ、それ」

伊佐は噴き出した。

傷を舐め合いたいなんて言う人間に初めて会った。他人に言われて屈辱的な言葉は、自分でも口にすることではない。

確かに田宮には深い深い傷がある。

伊佐にも、いまだ記憶の薄れない傷があった。

「傷なんて、舐め合いたくねえよ。けど、あんたのはいくらでも舐めてやる」

田宮が伊佐に声をかけたのは、偶然だったかもしれない。

たまたま父親の一周忌に、たまたま伊佐がバス停で何時間も過ごしていたから、田宮は伊佐に声をかけた。

だけどその偶然も、いくつも重なれば宿命だと言ったのは誰だったか。

いい生活をし、手に入らない物などないだろうに、どこか足りなさそうに見える田宮と、足りないものばかりの伊佐。

お互いの欠けた部分が綺麗に合わさってしまった。

「田宮さん。俺の名前呼んで」

田宮の肩に口づける。

田宮は身体を震わせ、伊佐と名を唇にのせた。

「あんたの呼び方は、なんでか好きだな。なんの情もこもってないせいかも」

優しくもやわらかくもない呼び方。

田宮に名を呼ばれると、それが自分の名だと実感できる。ただの記号でしかなかったものが、意味を持つ。

「伊佐」

田宮の声を耳に、伊佐は細い身体を貪った。

4

じっと店から出てくるのを待つ。

狙《ねら》いは——間違いなくこの女だ。

水澤景子《みずさわけいこ》。二十八歳。株式会社「創建《そうけん》」の社長、加治《かじ》の愛人。

膝《ひざ》の見える白いワンピースが似合う、なかなかの美人だ。身のこなしもスマートで、腕時計や胸のペンダントも一見して高価なものだとわかる。

狙う相手としては申し分ない。

が、残念ながら伊佐《いさ》の好みではなかった。

いまは好みよりも成功させることが最優先だ。景子のために今日の伊佐は、服装にも気を配っている。

カジュアルなストライプのシャツにジャケットは、いずれも伊佐がこれまで袖《そで》に手を通したことのない高級ブランド品だ。

腕時計はブルガリ。革靴はフェラガモ。

多少やりすぎの感はあるが、このほうが目立っていい。

景子が店から出てくる。

服でも買ったのか、肩から店のロゴの入ったバッグを下げている。

景子は歩きながら携帯を耳にやった。

この距離では話の内容は聞こえてこないが、よほど楽しいことなのかときどき笑い声が伊佐の位置まで届いた。

伊佐は、こちらに向かってやってくる景子へと足を踏み出す。十メートルほどの景子との距離が徐々に縮まる。

五メートル。三メートル。

すれ違い様、ナイフでスカートを切る。通りすぎて数メートル我慢して、伊佐は景子に向かって声をかけた。

「すみません」

景子は不審そうなまなざしを肩越しに投げかけた。

伊佐と目が合うと、足を止める。

瞬時に伊佐の顔、そして服装から時計までをチェックする。

「私のことかしら」

外見上は合格だったらしい。

景子の瞳《ひとみ》が輝いた。

「ええ」

伊佐は素早く歩み寄る。歩道を行きかう人の波から、さり気なく景子をガードした。

「変質者の仕業《しわざ》でしょう。スカートが切られてます」

「きゃ」

景子は小さく声をあげ、急いでスカートへと目をやった。

「やだ。ほんと」

「その紙袋の中身は服？　着替えになるようなもの、ある？」

「え、ええ。でも」

景子は動揺している。羞恥《しゅうち》はもとより、切った相手に対する恐怖心があるようだ。

「どこで着替えたらいいのか」

どこも見当たらないとばかりに、きょろきょろ道ゆくひとを眺める。

伊佐は景子の耳に唇を近づけ、囁《ささや》いた。

「少し行った先にデパートがあります。そこまで、他のひとからは見えないようしっかりガードしておきますよ。ああ、もちろんあなたが厭《いや》じゃなかったら」

最後に、笑みもサービスする。その間もさりげなく、裂けたスカートを他人の目から庇《かば》いながら。

「……え……ええ」

景子は伊佐をうっとりと見つめた。

ここまでくれば、ほぼ成功したようなものだ。が、油断はできない。景子はこれまで伊佐がターゲットにしてきた女とはちがう。

伊佐と同じで、男を手玉にとって貢がせようとする女だ。

「すみません。触ってしまうけど」

そっと腰に手を回した。

景子はほほを染めるだけでなにも言わない。

「まるでラブラブの恋人同士でしょ？」

ジョークっぽく流し目を送ると、ふふふと笑みが返った。

景子のほうからそれとなく伊佐に胸を押しつけてくる。

デパートまで身体を密着させて歩いた。二階の女性用のトイレの前に着くと、伊佐はあっさり景子の腰から腕を放した。

景子は上目を伊佐に向け、舌足らずな声音《こわね》で持ちかけてきた。

「不安なの。ここで待っててくださらない？」

「もちろん」

快く承知する。

「なにかの縁です。というか、縁にしたいかなって」

照れ笑いを見せる。

景子は返事をせず、意味深なまなざしを伊佐に向けただけでトイレへと入っていった。

伊佐は景子が消えると、貼りつけていた笑みをほどいた。

「あっちも俺の値踏みをしている最中ってところか」

だが、加治という金蔓《かねづる》はけっして放さないだろう。伊佐のことは、アバンチュールの相手になればと考えているにちがいない。あの手の女は、うまく使い分ける。

待つこと数分、景子が姿を見せた。胸の大きく開いた、黒い花柄のワンピース姿に変わっている。口紅の色もちがう。

女は怖いと思うのはこういう瞬間だ。

身に纏《まと》うものが変わっただけで、まるで別人のように印象ががらりと変わる。景子は、さっきよりも妖艶《ようえん》なイメージを放っていた。

「なに？」

景子が小首を傾《かし》げる。魅力的な仕種《しぐさ》だ。

「……いや、ごめん。見とれてしまった」

「やだ。恥ずかしいじゃない」

男に媚《こび》を売る笑顔で、景子は伊佐の手をとった。

「ねえ、お礼に食事をご馳走《ちそう》したいんだけど」

伊佐はすり寄ってくる景子の好きにさせながら、少し困った表情を浮かべた。

「なに？　時間がないの？　それとも私と食事するのは厭ってこと？」

「そんなわけない」

目を伏せる。

「ただ、彼氏に悪いような気がして。彼氏、いるでしょ。俺があなたの彼氏だったら、他の男と食事するだけでも許せない。俺だけの大事なひとなのに、他の男なんて」

感情を抑えるかの如《ごと》く、眉《まゆ》をひそめた。

「彼氏なんていないわ」

「そんなわけない。こんな綺麗《きれい》なのに」

「本当よ」

「信じられない。でも、もし本当なら、俺は――」

伊佐が途中で口を閉じると、景子は伊佐をじっと見つめたまま、ほうっとため息をこぼした。

「確かにひとりそんな男はいるわ。でも六十前のお爺《じい》さんよ。好きでもなんでもない。むしろ、触られると鳥肌が立つほど厭」

かかった。

景子は自ら加治のことを口にした。不平不満を持っている女の唇は油を塗ったも同然だ。聞けば、なめらかに口を滑らせてくれるだろう。

「そんな爺さんとなんか、別れちまえ」

伊佐は景子の両手をぎゅっと握り締める。

長い時間、見つめあう。

結局その後食事にはいかず、田宮に買い与えられた車でホテルの部屋にいた。

年寄りの相手ばかりで欲求不満だったのか、景子は奔放《ほんぽう》で、伊佐が呆《あき》れるほど貪欲《どんよく》だった。

ことが終わって疲れきった仕種で煙草を吸いながら、なおも伊佐の胸に手のひらを這《は》わせる。

「すごかった。こんなの初めて」

「俺もだよ」

景子の好きにさせ、伊佐も乱暴なやり方で煙草を銜《くわ》えた。

「こんないい身体《からだ》、爺さんも抱いてんのかと思うと嫉妬《しっと》でどうにかなりそうだ」

「——秀和《ひでかず》」

「そいつ、ぶっ殺してやりたいよ」

景子は伊佐にしなだれかかる。

「そんなこと言わないで。私だって、好きであんな奴と寝てるんじゃないわ。月百万の手当てがなかったら、誰があんなヒヒ爺《じじい》」

愚痴をこぼし始めた景子の肩を、伊佐は抱き寄せた。

「月に百万？　金持ちなんだな、そいつ」

「そりゃあね。創建とかいう会社の社長だし。でも、裏じゃ結構汚いことしてるみたい。加治が、いかにもヤクザって男と密談してるところ見たことあるの、私」

「――へえ」

景子はこちらが聞かないことまでベラベラ話す。よほど鬱憤《うっぷん》がたまっているのだ。

「どこの組だろうな。俺の知り合いも、ちょっとそっち方面とつき合いあるけど」

「なんだったかしら……会ってた男は確か、三河《みかわ》とかいう男だったけど。その三河って奴もやな奴なの。私のこと、いやらしい細い目で見るのよ」

「危ないな。気をつけなきゃ」

三河。

細い目以外になにか特徴はないのか。

「そいつもきっと景子さんのこと狙ってるにちがいない。どんな奴なんだよ。三河って奴」

「そうね。四十くらいで、がっしりした男よ。あ、右目の横に、二センチくらいの傷があるわ」

「刃物傷？」

「たぶん」

景子は胸の手を、腹へと滑らせた。

「ねえ」

濡《ぬ》れた瞳で見つめられて、内心ではまだ足りないのかと辟易《へきえき》しつつも伊佐は景子をベッドに押し倒す。

首筋に口づけた。

むせ返るような女の匂《にお》いを嗅《か》ぎながら、なぜかふと、田宮《たみや》の顔が浮かんだ。最中ですら田宮は自分を抑えようとする。たまに我慢しきれず洩《も》れる喘《あえ》ぎ声が、たまらない。

「秀和」

「ああ」

ねだられて、景子を抱いた。

頭の中の田宮は、景子を抱いているときも伊佐の中に留《とど》まり、去ってはくれなかった。


景子を送っていったあと、マンションに戻った。

田宮がこのために買った、家具つきのワンルームだ。

ワンルームとはいえ三十畳という広さがある。ソファとテーブル、ベッド、チェスト。すべては外国産のお洒落《しゃれ》な家具で、よもやこんな部屋が手に入る日が来ようとは思っていなかった。

ジャケットを脱ぎ、ベッドの横に置いてあるサイドボードに手を伸ばす。

受話器をとった。田宮に首尾を報告するためだ。

『彼女と接触できたか？』

いつもと変わらない抑揚のない声音で問われ、伊佐も普段どおりぞんざいに答える。

「ああ。そりゃもう。奥の奥まで」

『そうか。次も会う約束を？』

「当然。いまちょうどメールも来た」

バイブレーションにしていた携帯を開く。文面を声に出し、田宮に聞かせる。

「『素敵だったわ。明後日七時。楽しみにしてる。今夜は私の夢を見てね』ハートつきだ」

『……うまくいったようだな』

「伊達《だて》に十三のときからこっちで小遣い稼いでないって」

伊佐の軽口に、田宮が笑うことはない。

『なにかわかったのか』

無駄話は無用とばかりに先を促す。

「ああ。加治は、三河というヤクザと接触しているようだ。どこの組なのかはまだわからない。体格がよくて、細い目、右目の傍《そば》に二センチほどの刃物傷のある男だと」

『わかった。次も頼む』

「ちょっと待てよ」

聞きたいことだけ聞き出すと電話を切ろうとする田宮を、伊佐は引き止める。

『まだなにかあるのか』

が、こんなふうに問い返されると、なぜ引き止めようとしたのかわからなくなった。報告はすませた。田宮と他にする話などない。

伊佐はわざと乱暴な口調を投げかけた。

「もっと労《ねぎら》ってくれてもいいんじゃねえ？　こっちは最近あんたとやってばっかだったから、女の抱き方忘れてんじゃないかって不安だったんだよ」

返事はない。

さらに挑発的な言葉を重ねる。

「間違えてバックに突っ込んじまったら、どう言い訳しようかって気が気じゃなかった」

だが、満更嘘ではなかった。事実伊佐は、景子を抱きながら頭の中で田宮を犯していた。田宮の頑《かたく》なな身体がほどける瞬間、伊佐は言いようのない興奮を覚える。他の身体では物足りなくなっているのだと、伊佐自身気づいた。

『切るぞ』

「待てって」

今度は待ってくれなかった。ツーと無機質な音が耳に届く。

舌打ちをして伊佐は、受話器を置いた。

一気に疲労感に襲われ、ベッドに倒れこむ。目を閉じると、瞼《まぶた》の裏に田宮の顔がくっきりと浮かんでくる。

勝手に電話を切るような奴なのに、なにしつこく考えてるんだかと内心で呆れつつ、最近の伊佐は田宮のことばかりだ。

田宮は、血の繋《つな》がらない父親のために復讐《ふくしゅう》しようとしている。そのために伊佐を拾い、大金をはたく。

想像してみた。

子どもの田宮を。

笹原《ささはら》と母親と、田宮、それから桐嶋《きりしま》。四人の生活はどんなものだったのだろう。田宮がこれほどまでに執着するのだから、きっと忘れられないほどいい記憶にちがいない。

家族のため。

伊佐にはわからない感情だ。

母親が死んだときはほっとした。施設を飛び出したことも後悔していない。これまでいろんな女に世話になってきたが、女のためになにかしようなんて気はまったく持てない。

だから伊佐は、田宮がどんな気持ちでいるのかほんの少しも理解できない。

伊佐にとって確かなのは、自分が田宮に雇われているということだけだ。

田宮の目的は、そのまま伊佐の目的になった。

田宮は復讐のため、伊佐は金のため。

成功させたい。いや、必ず成功させなければならない。でなければ、伊佐がいま存在している意味すらなくなるような、そんな気さえしていた。


その後景子とは何度となく会った。

景子が伊佐に嵌《はま》っていくのが、伊佐には手にとるようにわかった。一週間に三度ほどの逢《おう》瀬《せ》が、足りなくなる。頻繁に連絡が来るようになり、時間さえ許せば毎日会いたがる。

金のために年寄りの相手ばかりしていた女は、したたかに見えて案外簡単だった。愛だの恋だのに飢えているし、なにより若い肉体に飢えていた。

「パーティ？」

ホテルのベッドで、景子の話に耳を傾ける。景子は自分から加治の予定を口にするようになっていた。

愚痴を聞いてもらっているという感覚と、あとは伊佐の嫉妬心を煽《あお》る目的もあるらしい。

唇を尖《とが》らせ、上目使いでいつも伊佐に聞かせた。

「そうなの。加治が近々別宅でパーティを催すって聞いたわ。もちろん、創建のじゃなく個人的なもの。呼ばれるメンバーも、堂々とつき合えない連中ばかりって話」

「そんな連中と、なんでパーティなんか」

「大きな仕事を手がけてるみたいよ。三河って男にも頻繁に連絡とってるし。それに」

景子はいったん言葉を切る。

「私を使おうとするなんて、よっぽどのこと」

「景子さんを、使う？」

「ええ」

目を細めて、伊佐の表情を窺《うかが》ってきた。

「三河の上の人間が来るっていうの。それで、私に粗相《そそう》のないよう、その男の接待をしろって命じたのよ」

「……三河の、上」

田宮は三河がどの男なのか特定した。属している組もわかっている。

「なにぼんやりしてるの」

景子が不満げに唇を突き出す。

伊佐は景子を抱きすくめた。

「驚いたんだよ。あのジジイ、許せない。俺の景子に……」

「秀和」

景子も伊佐の背中に手を回してくる。

指先で肌を愛撫《あいぶ》しながら、できるだけさり気なく切り出した。

「俺もそのパーティに連れてってくれないか」

「え」

景子は伊佐から身体を離した。強くかぶりを振ると、駄目と即座に拒絶する。

「バレたら殺されるわ」

「バレなきゃいいんだろ？　弟とか従弟《いとこ》とか、いくらでも理由はつくれるじゃないか。俺……黙って待ってるだけなんてできない。景子が心配で」

「……秀和」

景子の瞳が揺れる。

あともう一押しだ。

「それとも、俺とのことは遊びか？　それならいっそ、ここで切ってくれ。じゃないと堪えられない」

苦悩の表情で額を押さえた伊佐を見て、景子が吐息をこぼした。そうして伊佐に肌を寄せ、うっとりと囁く。

「秀和、そんなに私に夢中になっちゃったんだ。いいわ。連れてってあげる。だけど、加治とは別れられないの。それは承知してて」

「——ああ」

うまくいった。ようやく加治まで辿《たど》り着いた。あとは加治本人にどうやって近づくか、だ。

「もうこんな時間だ。帰らないと。景子、先にシャワー浴びてきて」

急ぐふりで、ベッドから景子を追い出す。景子は渋々伊佐から離れると、バスルームへと向かった。

シャワーの音が聞こえ始めたのを確認して、伊佐は携帯を取り出した。

「田宮さん？」

『ああ』

愛想の欠片《かけら》もない声。だが、この声を聞くと妙に安心する。

「いい情報がある。きっとあんたは喜んでくれるだろうな」

少し勿体《もったい》ぶって、間を空けた。

「個人的なパーティがある。それに出席できるようになったから」

『パーティ？』

「そうだ。どうやらそこに、三河のボスも来るってさ。加治はでかい仕事を企《たくら》んでいるらしい」

たったいま仕入れた情報を口にする。

田宮の反応は薄く、そうかの一言だった。

田宮はもともと口数が少ないが、ここ最近極端に減ったような気がする。景子に近づいて以来直接顔を見ていないので、それが伊佐の思い過ごしなのかどうかわからないが。

「なにしおらしい声出してんの？　やりたくなるだろ？」

わざと声のトーンを落とし、囁くように告げる。

田宮はわずかの動揺も感じさせず、いつもどおりだった。

『彼女がいて、まだ足りないのか』

やはり勘違いだったのだろう。

伊佐は安堵《あんど》し、そんな自分に苦笑する。なにをやっているのだ。他人の心配など、冗談にしてもありえない。

「足りないなあ。あんたのほうがずっといい」

『…………』

田宮の言葉はない。息遣いだけが返ってくる。

「――なんてな」

ははは と大げさに声を出して笑った。あまりおかしくなかったが、笑い声を田宮に聞かせたかった。

「もう切るよ。彼女が出てくる」

『ああ』

田宮の相槌《あいづち》を最後に携帯を耳から放そうとした伊佐だが、田宮が伊佐の名を口にしたので再度戻す。

「なに？」

田宮は躊躇《ためら》いがちに、こう続けた。

『くれぐれも――気をつけてくれ』

「――――」

『あまり無茶はするな……って、俺が言うのはおかしいな』

通話が途切れる。

伊佐は頭の中で、いまの言葉を何度も反芻《はんすう》していた。

気をつけてくれ。

あまり無茶はするな。

初めて聞いた言葉だ。伊佐にこんな言葉をかけてくれたひとはいない。田宮が初めてだ。

伊佐には縁のない言葉だった。

「……気をつけてくれ……無茶は、するな」

自分で言ってみても、しっくりこない。たいした言葉ではない。

だけどいま田宮の声でかけられたときは、胸の真ん中まで突き刺さった。
胸が痛い。ずきずきと痛む。
「田宮」
名を呼んでみる。なぜか、むしょうに顔が見たくなった。
一瞬でもいい。田宮に会いたい。
こんな気持ちも伊佐には経験がなく、伊佐は戸惑いを隠せなかった。

5

景子から情報は得ていたが、加治の別宅は呆れるほど豪勢なものだった。海辺の別荘地から離れてはいるものの、山の入り口に鎮座するそれは、熱海にある別荘の中でもひと際広大な敷地を誇っており、円形の柱で囲まれたバルコニーつきの屋敷はまるで異国に迷い込んだかのような錯覚に陥る。

山やそれに通じている道路自体、加治の持ち物のようだ。ここにいる参加者以外の車を伊佐は見なかった。

別宅のパーティは、五十畳ほどの大広間での立食形式だ。

中央には魚介や肉類をふんだんに使った料理が並び、デザートも洋風から和風、果物と選び放題だ。酒はビールにシャンパン、ワイン、日本酒。それ以外にカクテルもオーダーできる。

入り口付近の壁に凭《もた》れて、伊佐はシャンパンを片手にマンウォッチングに興じていた。

六十前後のでっぷりと太った、白髪頭の男。さっきから大笑いするたびに、腹の肉が上下している。

奴が加治だ。

傍にいるがっしりとした体軀《たいく》のふたりは、おそらくボディガードだろう。周囲に絶えず視線を配っている。

それから、加治が歩み寄っていった強面《こわもて》。右目の刃物傷から、奴が三河だとわかる。見るからに堅気ではない。

あんな男と、たとえ愛人の前であっても平然と会うなど加治はあまり利口ではないようだ。三河と同席していることじたい疚《やま》しいことがありますと、外に向かって暴露しているも同然なのだから。

加治が、男を紹介されて顔を輝かせる。力強い握手をすると、談笑し始めた。大野《おおの》というのが男の名らしい。「頭《かしら》」と連呼する加治の声が伊佐のところまで聞こえてくる。

三河のボスは、三河とは対照的にがりがりに痩《や》せた四十前後の男だ。こけた頰は、一筋縄ではいかない雰囲気をかもし出している。もうひとりの連れも同じ組のものだろう。

他に四人の男がいるが、いずれも加治側の人間のようだ。

加治と男四人。ボディガードがふたり。ヤクザが三人。

女は景子を含め、六人いる。

いずれも大きく胸と背中の開いた扇情的なドレスに身を包み、しなをつくっている。おそらく、この中から好みの女を何人か選ばせ、ベッドで接待させるのだ。

伊佐は、加治の隣に笑顔で立つ景子に歩み寄った。

「こんにちは」

景子は伊佐を見て、一瞬頬を引き攣《つ》らせる。その場の勢いで受けたものの、いまになって後悔しているようだ。本当に来るとは思ってなかったのかもしれない。

愛人の立場で、男を連れ込んだのが加治にバレてしまえば景子は終わりだ。

真っ赤なドレスの胸元を飾るダイヤが、小刻みに震えている。

「誰だね」

加治は浮浪者でも見るような目を、伊佐の頭から爪先《つまさき》まで走らせた。スタッフが馴《な》れ馴れしく話しかけてきたとでも思ったようだ。

三河ともうひとりの男が、大野を庇って一歩前に出る。

「申し訳ありません。どうしても加治さんにお会いしたくて、無理を承知で従姉《いとこ》に頼み込んだんですよ」

「従姉？」

白髪の混じった眉毛をひそめる加治から、景子へと視線を移す。

景子は、小さく痙攣《けいれん》する唇をほどいた。

「あ……そ、そうなの。ごめんなさい。どうしても加治さんのところで働きたいってあまりに煩《うるさ》いから、連れてきちゃった」

慌《あわ》てて言い繕《つくろ》う景子に、加治は不機嫌に表情を歪《ゆが》める。

「パパって忙しいから、なかなか会ってほしくても無理じゃない？　今日なら身内だけのパーティだし、パパもくつろいでるんじゃないかなって思ったの。怒ったのなら、帰すわ。秀和、パパにはその気がないみたいだから、もう帰りなさい」

　景子は作り笑顔で伊佐の背を押した。

「ごめん。俺が無理言ったせいで、加治さんのご機嫌を損ねたんじゃどうしようもない。加治さん、どうか従姉を叱《しか》らないでください」

　険悪なムードだ。

　身内だけのはずが、愛人の従弟とはいえ知らない男がまぎれ込んだのだから警戒して当然だろう。今日はここまでか。無理をして相手に疑念を持たせては元も子もない。

「俺、帰ります。ご迷惑をおかけするのは本意ではないので」

　伊佐は、シャンパングラスを傍にいたウエイターのトレイにのせた。一礼ののち、踵《きびす》を返そうとしたところを、しゃがれた声に呼び止められる。

「まあ、いいんじゃないか」

　大野だった。

　大野は蛇のように湿った双眼を伊佐に向け、ひょいと薄い肩をすくめた。

「従姉がいい生活をしていたら、興味を持って当然だ。若いうちは、多少無謀なくらいがちょうどいい」

伊佐は大野に向き直る。ビビりそうになる己をどうにか叱責《しっせき》し、愛想笑いを浮かべてみせた。

「ありがとうございます。なんだか俺、感激だな。あの、お名前を聞いてもいいですか。俺は、伊佐秀和と言います」

高揚ぎみに口早に捲《まく》し立てると、大野は頬を緩める。反して少しも笑っていない目が、伊佐の背筋を冷たくした。

「大野だ」

「よろしくお願いします」

加治は不承不承、伊佐が留まることを認めた。大野はよほど大事な客らしい。

景子も胸を撫《な》で下ろす。

「創建については、なにか知っているのか」

大野が質問してきた。

早速ネットや新聞で得た情報が役に立った。

「M&Aを手がける会社ですよね。企業を買収したり、企業間の橋渡しをしたり」

他企業の業績も含めて語り、創建を褒め称《たた》えると加治の態度が軟化する。よいしょには弱い男らしい。

一方、大野は最初から同じだ。

「さすがによく調べてるな。よほど加治さんに傾倒しているようだ」

しゃがれた声は、かさかさと伊佐の鼓膜を刺激する。

「はい。俺も将来はでかい仕事がしたいんです」

加治はワインを早いピッチでおかわりしながら、腹を揺すって笑った。

「最近の若者は根気がないからな。つらいとすぐ逃げ出す。わしに仕えたいなら、運転手からだぞ」

「俺は逃げたりしません」

加治は黒い噂の絶えない男だ。が、加治よりも大野のほうが要注意だろう。

「すみません。ちょっとトイレに行っていいですか」

もう一歩踏み込んだ質問をしたい。が、それには考えをまとめる必要がある。

伊佐はトイレで今後の作戦を練るつもりだった。

「トイレまで案内してやれ」

大野が三河に告げた。

伊佐をひとりにしないためなのかもしれない。

心中で舌打ちをして、伊佐は仕方なく三河とともに大広間を出た。

ホテルのような廊下を、三河の背中を見ながらトイレに向かう。歩く間になにかいい考えは浮かばないかと頭を巡らしてみるが、これといって思いつかなかった。

焦《あせ》って動いても、相手を警戒させるだけになりかねない。

三河がドアを開ける。

続こうとして伊佐は、足を止めた。

「あれ？　ここ、トイレじゃないですよ」

まずい状況なのはわかった。

大野は初めから伊佐の言葉を信じていなかったのだ。

「黙って入れ」

背中から蹴《け》り入れられる。

もうひとりの大野の連れも、いつの間にか背後にいた。

「これは……どういうことですか？」

休憩室なのだろう、ソファと灰皿の置いてある部屋で、伊佐はできるだけ相手を刺激しないよう軽い調子で尋ねた。

三河ともうひとりは、伊佐との距離をいきなり縮めた。

三河のこぶしが腹に入る。

「ぐぁ……っ」

呻《うめ》き、よろめいたところを男に羽交《はが》い絞めにされた。

二発目は、一発目よりも綺麗に鳩尾《みずおち》にめり込んだ。

「ん……だよ……いきなりっ」

腹を庇うことができず、逆流してきた胃の中身を伊佐は吐く。三河は容赦ない。三発、四発と体重をのせたパンチをくり出した。

「うあ……ぐっ」

生理的な涙が滲《にじ》み、鼻水が出る。胃液までげえげえと戻しながら伊佐は、痛みに気が遠くなった。

背後の男が腕をといても、反撃どころか逃げることさえかなわない。そのままずるずると、汚物で汚れた床に這《は》い蹲《つくば》った。

「寝るなよ」

三河が革靴で伊佐の背中を数回蹴った。海老《えび》のように跳ねるだけで、なにもできない。

「正直に吐け。どこの組のモンだ。なにを企んでる」

三河が問う。だが、その声が伊佐には遠い。

必死でかぶりを振った。

「ちが……」

「正直に話さないと、余計に痛いめ見るぜ」

腹を蹴り上げられる。

「が……っ」

激痛に息が止まり、伊佐はもがいた。

「なにを企んでここに来た」

靴底が顔をぐいぐい押してくる。百キロ近い体重をかけられて、頬骨が折れそうに痛む。

屈《かが》み込んだ三河は、伊佐のスーツのポケットを探った。

携帯は持ってきていない。財布だけだ。

三河は財布の中身を確認し、金以外はなにも入ってないと知ると財布を床に放り投げた。

「もう一度聞くぞ。おまえ、何者だ。なんのためにもぐりこんだ」

襟首《えりくび》を摑《つか》まれる。

引っ張られて、首が絞まる。

「……す、すみませ……っ」

伊佐は、空気を求め喘ぎながら、懸命に両手で三河にすがりついた。

「お、俺……景子が加治さんの……愛人だって知って……なにか金になるんじゃないかって思って」

「はあ？」

「すみませんっ……すみません……でも俺、ほんとになにも、企んでなんて……」

謝罪しながら、わあわあと泣き声を上げた。振り払われても、三河の革靴を舐《な》める勢いで頭を擦《こす》りつけ続けた。

「……俺が、浅はかでしたっ……も、殴らないでください。景子にも、加治さんにも、二度と近づきません……絶対、約束しますっ」

「なんだ、こいつ」と三河が厭そうに足を引く。

それでも必死にしがみつく。

「お願いします……っ。許してください……殴らないで。お願い……っ」

涙と鼻水でぐしゃぐしゃになった情けない顔で謝り続ける伊佐に、三河はうんざりしたようにかぶりを振った。

「クズが。それでも男か」

もうひとりの男は、心底軽蔑《けいべつ》した様子で伊佐に唾《つば》を吐きかける。

「おい、放り出しておけ。こんなクズを相手にしてもしょうがねえ」

三河の指示に、男が頷《うなず》く。

「おら、立て」

伊佐を蹴って無理やり立たすと、部屋の外へと引きずり出した。その足で玄関へと追いやる。

「すみません……すみません」

吹き抜けの広い玄関フロアに伊佐のすすり泣きがこだまし、男は苛立《いらだ》たしげに扉の外へと伊佐を蹴りだした。

地面に転がり、伊佐はうずくまる。

「とっとと消えろ。五分後にまだいたら、殺すぞ」

乱暴に扉が閉まった。

浅い呼吸をくり返し、自身の腹に手をやる。肋骨《ろっこつ》にヒビくらい入ったかもしれない。折れてないといいが。

「……くそっ。好き放題やりやがって」

激痛に歯を食い縛り、よろりと身を起こす。少し動くだけで息がとまるほどの痛みが走った。

なんとか立ち上がっても、一歩を踏み出すのに苦労する。

脂汗が額に滲んだ。

公道まで出ればタクシーを拾える。そこまで歩かなければならない。この期《ご》に及んで、広大な私有地が恨めしかった。

ふらつきながら門扉を出た。

スーツの袖口で汚れた顔を拭《ぬぐ》い、通りを目指した。

三十分ほどの道のりが永遠にも感じる。意識が遠くなるたびに、痛みで引き戻された。

途中で二度立ち止まり、胃液を吐き、伊佐は通りに辿り着いた。タクシーに身を滑らせたときには脂汗で身体じゅう、びっしょりだった。

「お客さん、平気なの？　汚さないでよ」

具合の悪そうな伊佐に運転手は厭な顔をする。長距離でなかったら、拒否されても文句は言えない。

熱海から東京までタクシーで戻る。幾度となく後ろを振り返ったが、尾行してくる車はなかった。

伊佐はいったんマンションの部屋まで金を取りにいき、代金にチップを上乗せして運転手に支払った。

「う……」

上着を脱ぐにも、骨が折れる。痛みに何度も手を止めながら、上着とネクタイを外し、ワイシャツの前を開いた。

ベッドに倒れる。

と、待っていたかのように電話が鳴った。

相手は田宮だ。田宮以外、この番号を知っている者はいない。

視線だけを向けると、留守電のランプが点滅していた。田宮の電話はこれが最初ではなかったようだ。

ピーと機械音のあと、田宮の声が部屋に響く。

『伊佐。まだ戻ってないのか。戻ったら連絡してくれ』

どことなく不安げな声だ。

今日のことを報告しなければならない。

伊佐はそろりと身を起こし、受話器をとった。

『いたのか』

田宮が息をつく。

「さっき……戻った」

妙な間があいてしまったことに、思わず眉をひそめる。

平静を装っているが、実際は喋《しゃべ》るのもつらかった。

『どうかしたのか』

敏感に察知し、田宮が問う。

「いや。べつに」

腹に力を入れないよう右手で固定し、できるだけ軽い調子で応じた。

「疲れたから、うとうとしてただけ。それより、今日の首尾を聞きたいんだろ？」

『――――』

「上々――って言いたいところだけど、まあ、今日は本人に接触できたってだけだな。でっぷり太った、脂ぎった奴だったよ……そうだな。加治より、俺は大野って男が気になった。三河のボスなんだけど」

『伊佐』

田宮が報告をさえぎる。

『伊佐。おまえ、平気なのか』

普通に喋っていたつもりだ。

が、なぜか田宮は声音を硬くする。

『なにかあったんじゃないのか』

「──なんだよ、唐突に。平気だからあんたにいま報告できてるんだろ」

伊佐は、眠そうに欠伸《あくび》までして聞かせた。

「先を話さしてくれよ。早くすませて、寝たいんだ」

『伊佐』

「だからなんだよ」

『これからそっちに行く』

そう言うと、田宮は一方的に電話を切ってしまった。

「……田宮が、来る?」

伊佐は、ベッドから腰を上げた。こんなみっともない姿、田宮に見せるわけにはいかない。

田宮が来るまでにはしゃんとしていたかった。

バスルームに行き、熱いシャワーを頭から浴びる。頭はすっきりしたが、肋骨の痛みは増した。

そっと触ってみる。上からの感触では、それほどひどい感じはない。折れていたとしても、なんとか繋がっているようだった。

シャワーを切り上げると、伊佐はローブを羽織りバスルームを出る。明日にでも薬局に行って湿布を買ってきたほうがよさそうだ。

部屋に戻り、落ち着くために煙草を吸う。

煙が肋骨に染みる。それでも一服したことで、冷静さは取り戻していた。

チャイムが鳴った。田宮が着いたのだ。伊佐はベッドから腰を浮かせたが、開錠する音が聞こえドアが開いた。

つかつかと田宮は伊佐に歩み寄った。

「べつにわざわざ来なくても電話ですんだんじゃないの？　ていうか、ここに来てたら、わざわざ別にマンション買った意味ないじゃん」

軽い調子で窘《たしな》めた伊佐を、田宮は無言でじっと見つめる。

顔から、足先まで。

「なんだよ。もしかして、やりたくなったのか？　残念だ。俺、さっきも言ったけど疲れてんだよ。どうしても欲しいなら、『お願い。やって』って言って、俺のを舐めて勃《た》たせな」

田宮にはできない要求をわざとすると、田宮は眉間《みけん》に深い縦皺《たてじわ》を刻んだ。伊佐の言葉に不快になったのではなかった。いきなり両手を伊佐に伸ばしたかと思うと、避ける間もなくバスローブの前を開いた。

「……っ」

伊佐の身体に、田宮の表情が一変する。

「なんだ……これは」

蒼白《そうはく》になり、唇まで震えだす。

「……やられたのかっ。あいつらに」

田宮のほうがよほど痛そうに見えて、伊佐は軽く笑ってみせた。

「ちょっとな。けど、これくらい平気だって」

田宮の手を外させ、ローブの前を合わせる。

取り乱す田宮を前に、伊佐は戸惑っていた。

「平気なわけないだろう！　ひどい……こんなのっ」

人形のように感情を外に出さない田宮。

セックスのときでさえ、自分をあらわにすることはない。唯一、悔恨の様子を窺わせたのは笹原の話をしてくれたときだけだが、それとて静かな怒りだ。

いまは感情を剝《む》き出しにしている。

泣きそうに顔を歪め、一心に伊佐を見つめて。

「あんた、そんな顔もできるんだ」

「……医者を呼ぶ」

田宮が電話に手を伸ばす。その手を伊佐は制した。

「やめろって。大丈夫だって言ってるだろ。明日、湿布買ってきてくれたらそれでいい。ほんと、見た目ほどひどくはないんだ」

「そんな悠長なこと言ってる場合か！」

「俺がいいって言ってるんだよ。それより、水持ってきてくれないか。水を飲んだら、横になりたい。一晩寝たらこんな怪我《けが》、すぐに治る」

「伊佐――」

「田宮さん、早く」

有無を言わさず要求する。

田宮は、苦悶《くもん》の表情で唇を噛《か》んだ。

肋骨の痛みに反して、気分は悪くなかった。ついさっきまでは最悪だったが、いまは悪くない。むしろ、いい気分だ。

田宮は渋々伊佐から離れ、冷蔵庫のペットボトルを手に戻ってくる。黙って差し出されたそれを受け取ると、冷たい液体で喉《のど》を湿らせた。

「伊佐、頼む。医者に診《み》せよう」

真摯《しんし》なまなざしだ。

田宮は伊佐をまっすぐ見つめ、伊佐に請《こ》う。

伊佐は目を細めた。

「なんだよ。普段のクールなあんたはどうした。調子狂うだろ」

田宮が、強くかぶりを振る。

「なに笑ってるんだ。こんなときに、おまえのほうがおかしい」

「俺、笑ってる？」

田宮に指摘されて、自分が笑っていると初めて自覚する。ひどく穏やかな気持ちになっていることにも気づいた。

「だから、大丈夫だって言ってるだろ？　笑えるくらい、いい気分なんだよ。いまの気分を、医者だろうと他人に台無しにされたくない」

笑いながら横になると、ここに来てからずっと苦しげな顔をしている田宮が、注意深く伊佐に上掛けをかけてくれた。

「でも、このまま放っておいたら――」

伊佐を見つめ、伊佐のために顔を歪ませ、伊佐だけに話しかける。

「そんな顔するなって。やりたくなるだろ」

そんな田宮を前にして、胸の奥深くが疼き出す。

「ああ、くそ。こんな状態じゃなかったら、いますぐやっちまうのに」

田宮は、眉を吊《つ》り上げた。

「茶化すな。おまえを心配してるんだ。医者に診せないって言い張って……もしひどいことになったらどうする」

「俺を――心配？」

笑みを引っ込める。

伊佐はゆっくり寝返りを打ち、田宮に向き直った。

「心配してる？　俺を？」

「そうだ。私のせいでこんな目に遭ったんだから、心配するのは当然だろう。俺がおまえにこんなことさせたから」

「……心配、してんのか」

息をするのも苦しいというのに、なんとも言えない気分になった。これまで味わったことのない気持ちだ。

「殴られたことは数え切れないほどあるけど、心配されたのは初めてだよ」

伊佐の言葉に、田宮はこれまで以上に顔を歪める。歯を食い縛って、必死で涙を堪《こら》えているように見える。

「田宮さん、なんて顔してんの」

「おまえが……っ」

「おれのせい？」

ひやりとした手が、額を覆った。

あまりに気持ちがよくて、伊佐は目を閉じた。

「おまえ、熱がある」

「そう？　でもすごく気持ちいいよ」

なんだろう。こんな穏やかな心地よさは経験したことがない。まるで波間を漂っているような、やわらかな真綿に包まれているような。

静かに息を吐き出す。

そうして、優しい場所に沈んでいく感覚に身を任せた。

いつしか夢の中に入り込んでいた。これは夢だと、伊佐にはわかっていた。

伊佐はまだ十代だ。いろんなことに苛立って、大人が大嫌いで、相手かまわず歯向かっている。

――おまえはどうして言うことが聞けないの！

園長が目を吊り上げて罵《ののし》る。

――おまえみたいな子は、どうせロクな大人にはなれないんだよ。お母さんも死んでよかったかもしれないね。大人になったおまえを見なくてすむんだから。

唾を飛ばして怒鳴る園長を、冷めた目で凝視した。

まるで醜い豚だ。ぶひぶひ鳴いてばかりいる。あまりにその顔が面白くて思わず噴き出すと、豚の顔は真っ赤になった。

――なんて子！　おまえは家畜以下だ。うちは家畜を飼ってないからね。家畜にやる餌《えさ》なんてないんだよ。

なにを言われても、ぶひぶひとしか聞こえない。

けど頼むから汚い顔を近づけないでほしい。

大きな口はまるでブラックホールみたいだ。

園長の顔が薄れ、やがて煙のように曖昧《あいまい》になった。目を凝らしてみていると、赤い唇の女が突如現れる。

――秀和。

赤い唇は伊佐の名を呼ぶ。

――おまえさえいなかったら、あのひとも私を選んでくれたはずなのに。

定規が内腿《うちもも》に飛ぶ。ひゅんと空気を切る音をさせて、何度も何度も。

――痛い？　でも私はもっとつらいの。あんたのせいで。

見る間に蚯蚓《みみず》腫《ば》れになり、それもわからなくなった。真っ赤に腫れ上がった内腿は、熱いばかりで感覚はない。

――……ごめ……なさいっ……ごめんなさ……。

声を殺してすすり泣く少年は、伊佐だ。女は泣き声がうるさいと、くねくねとした蛸《たこ》の手でなおも強く伊佐を叩《たた》き続けた。

――伊佐。

穏やかに呼ばれ、はっとして泣くのをやめる。

目の前の女は消え、男が伊佐の前に立っていた。

彼はなにも言わず、歩き出す。

伊佐がじっとしていると、振り返って手を差し伸べた。

――おいで。

じっとその手を見つめていたが、そっと指先で触れてみた。さらりとして、白い手だ。少しも汚れていない。

伊佐は男の手をとると、黙って一緒に歩き出した。

「――田宮」

瞼を持ち上げる。

肋骨の痛みは最悪だったが、妙に晴れやかな気分だった。なんの迷いもわだかまりもない。

身体の中に澄んだ川が流れている。

「……田宮の眠った顔、初めて見たな」

綺麗だ。

田宮は本当に綺麗だと思う。顔だけではなく、身体のどこも汚れていない。手の先まで綺麗だ。

ベッドに上半身を預け眠っている田宮の髪を、起こさないようそっと梳《す》き、伊佐は実感する。

田宮の依頼を受けたのは生活と金のためだ。でも、すでに理由は変わっていた。金や生活なんて、どうでもいい。

伊佐が契約を成し遂げる理由はひとつ、田宮の望みをかなえるため。田宮の心を少しでも晴らすため。

田宮は生まれて初めて伊佐を心配してくれたひとだ。

それだけで命を張る理由には十分だろう。

この綺麗なひとを守りたい。

それだけが伊佐のすべてになった。


夜が明けると、伊佐はベッドから起き上がりシャワーを浴びた。昨日よりも痛みは強かったが、苦しさはほとんど感じなかった。

「田宮さん、帰ったほうがいいよ」

田宮はソファに座っていた。伊佐に背を向けたまま、伊佐の名を呼ぶ。

「もういい」

言葉の意味がわからなかった。

「もういいって、どういう意味だよ」

問い返した伊佐に返ってきたのは、思いも寄らない台詞《せりふ》だ。

「近々加治が、ヤクザを使って汚い仕事をするとわかっただけでも収穫だ。あとはこっちでやる。おまえはもう用済みだ」

信じられない。

なんのためにいままでやってきたのか。いや、いままでのことはどうでもいい。昨夜伊佐は、誓ったばかりだ。

田宮のためにやると。

「ふざけんなよ。奴らには散々やられたんだ。いまさらおとなしく引き下がれるかよっ」

嚙みついた伊佐にも、まったく耳を貸さない。

「とにかく、この件で話し合う気はない。金は払う。この部屋もおまえのものだ。それでいいだろう」

「いいわけあるか！」

頭に来て怒鳴った途端、肋骨に痛みが走る。

思わず呻くと、田宮が振り向いた。

心配げな顔だ。昨夜田宮が伊佐を心配しているのだと言ったのは、伊佐の聞き間違いでも夢でもない。

「なんと言われようと、俺はやる。あんたは見てたらいいよ」

「駄目だと言ってるんだ！」

田宮は一歩も引かない。

不安そうに瞳を揺らすくせに、伊佐を拒絶する。

苛立ちが怒りになり、伊佐は激昂《げっこう》した。

「うるせえよ。やるっつってんだから、俺のことは放っとけ。あんたはもう関係ない。俺のケジメだ。あいつらはこのままじゃすませねえ」

「伊佐！」

話は終わりだと、田宮に背を向ける。

田宮の躊躇《ちゅうちょ》や焦り、聞き分けのない伊佐に対する憤りを痛いほどに感じたが、二度と田宮を見なかった。

背中で拒絶する伊佐に、田宮が口惜しさを滲ませ言い放つ。

「このマンションは、すぐにでも手放す。そのぶん金額を上乗せするから、出てってくれ。今日じゅうに」

うるせえと胸中で吐き捨てたが、田宮には返事をしなかった。

田宮が部屋を出ていく。

ドアを閉める前に、

「斜《はす》向かいの益田《ますだ》外科に予約しておいた。十時だ。必ず診せろ」

伊佐の胸を掻《か》き乱すような言葉を残して。

「……うるせえんだよ」

ひとりになった部屋で小さく呟《つぶや》く。

田宮のいなくなった部屋はシンと静まり返り、自分の呼吸の音だけがやたら大きく耳に届く。

伊佐は、肩越しにドアを見た。

たったいま田宮が出ていったドアがふたたび開かれるのではないかと思ったのだが、そんなことはなかった。

田宮はきっと実行するだろう。マンションを手放し、伊佐も手放すつもりだ。

だからその前に、伊佐も自分の思うことをしなければならない。

携帯のバイブ音が静けさを破る。

我に返り、伊佐は急いでチェストの上の携帯を拾い上げた。

メールの送信者は――景子だ。田宮ではなかった。

『助けて。加治に私たちの関係がバレたの。いますぐ来て』

緊迫した文面に目を通しても、なんの感慨も湧《わ》かないことに苦笑いがこぼれる。

あまりに自分が変わっていなくて。

誰かのためになにかをしたいとか、他人の言葉に胸が疼《うず》くとか、これまで一度もなかった伊佐がその痛みを味わった。

だけど、他の人間に対してはこれまでどおりだ。他人ではなにも感じない。

伊佐の胸を揺さぶるのは、田宮ひとりだ。

伊佐はシーツを裂き、サラシと同じ要領で腹に巻いた。固定すると痛みはやわらぐ。緩んだ場所がないか確認すると、その足をキッチンに向けた。

一度も使う機会のなかった果物ナイフ。

手にとると親指で刃をなぞり、ソファで切れ味を確かめた。

果物ナイフをサラシに差し入れる。

すでに流れる汗は滝のようだ。上からシャツとジャケットを羽織った伊佐は、マンションの部屋を出た。

車を飛ばす。行き先は熱海の別宅だ。

高速にのってすぐ、携帯に田宮から連絡があった。出ないと田宮はまた心配するのだろう。

なんだよと携帯に向かって投げかければ、田宮が声を尖らせる。

『おまえ、病院に行かなかっただろう』

まだ不機嫌は続行中だ。

「ああ。急ぎの用事ができた」

『急ぎ？　なんの急ぎだ。怪我以外に急を要することなんて――』

言葉がふいに途切れる。息をのむ気配ののち、どこだと田宮は声を荒らげた。

田宮の察しのよさには驚かされる。伊佐のことを理解しているみたいに思える。

「ちょっと急ぐから、切っていいか」

伊佐がそう言うと、駄目だと切羽詰まった様子の答えが返った。

『行くな。戻ってこい。おまえがひとりで乗り込んだところで、どうにもならない。しかもそんな身体で行って……どうする』

「まあ、そうなんだけどさ。景子を放っておくわけにはいかないだろ」

景子なんてどうでもいい。ただの言い訳にすぎない。他の人間が傷つこうが関係なかった。

田宮の心が平らかであればそれでいいのだ。

『なら、こうしよう。どこかで待っててくれ。すぐ追いつくから。一緒に行こう』

「無理」

冗談じゃない。あんな危ない連中を田宮に会わせるわけにはいかない。

「待ってる暇はないし、だいたいあんたには守るものがあるだろう？　だから俺を買ったと思ってたんだけど？」

『もうおまえはクビだと言ったはずだ。どうしても行くなら、俺も一緒に連れていけ』

「ほんと心配性なんだな、田宮さんって」

くすりと笑う。田宮が感情的になればなるほど、伊佐は嬉しかった。自分でもおかしいと思うけれど。

『伊佐、頼む……私を、待ってくれ』

「大丈夫だって。田宮さんも言ってたじゃん。俺は天涯孤独で、なにかあっても悲しむ人間なんていないって」

『私が悲しむ』

田宮が声を震わせ絞り出した。

『おまえになにかあったら、私が悲しむ。だから……頼むから、戻ってきてくれ』

「――田宮さん」

目の奥が痛くなった。

熱い塊《かたまり》が胸の奥底からこみ上げて、喉を塞《ふさ》ぐ。切なさに伊佐は、声も出ない。

田宮は伊佐に、伊佐がここにいる理由をくれた。田宮の役に立つために生まれ、存在して

いるのだと思わせてくれた。

それだけで十分だったのに。

『伊佐。おまえになにかあったら、私はどうしたらいい……っ。もう誰も失いたくないんだ。伊佐……おまえを失いたくない』

伊佐を失いたくないとまで言ってくれる。

『伊佐。なんとか言ってくれ』

伊佐は黙って通話を切った。今後は田宮がいくら連絡してきても二度と出なくてすむように、電源も落としてしまう。

息をつく。その拍子に熱い雫《しずく》がこぼれ落ちた。

一度意識すれば、堪えられない。あとからあとからあふれ出る。

母親が死んだときでさえ涙なんて出ず、以来一度も泣いたことがないというのに、いまはどうしようもなくあふれて止まらなかった。

伊佐はひとりで生きてきたし、死ぬときもひとりだと決めていた。それは今後も変わらないけれど、でも、少なくともこの世にたったひとり、伊佐の死を嘆いてくれるひとがいる。

その事実は、伊佐をこのうえなく満ち足りた気持ちにさせた。

数時間かけて、昨日と同じ別宅に到着する。

加治の別宅は、昨夜とは打って変わってシンと静まり返っていた。

門扉を通り抜けながら、片手で助手席の携帯を拾い上げ、電源をオンにする。マンションの電話番号をプッシュすると、内ポケットにしまった。

ゆっくりと前庭を進む。

カーブしたアプローチで伊佐は停車した。玄関の前には、すでに人相の悪い屈強な男が三人ほど待機していた。

車を降りた伊佐を男たちは囲み、ただならぬ様相で屋敷の中へと招き入れる。男たちの後ろに従う伊佐は、思いのほか悲愴《ひそう》感が薄いと感じていた。

恐怖もそれほどではない。

昨日は華やかにパーティが催されていた大広間のドアを、ひとりの男が開けた。

「連れてきました」

そこには加治と三河、大野もいる。

昨日伊佐を痛めつけた三河ともうひとりの男の顔は、見事に腫れ上がっていた。ふたり一緒にいなかったら、誰なのかわからなかったかもしれない。

景子の姿は見えない。伊佐を呼び出すことで命拾いをしたのか知らないが、どうでもよかった。

「景子の従弟なんて、危うく信じるところだった」

加治が忌々《いまいま》しげに吐き捨てる。肉に包まれた身体は今日も重そうで、シャツの脇には汗染みが広がっていた。

「昨夜は三河がおまえを帰してしまった。まったく、役立たずにもほどがある」

しゃがれた声が、不機嫌そうに告げる。

細く枯れ木のような大野の風貌《ふうぼう》には、つくづく似合いの声だ。

「俺がなにか企んで、加治に近づいたって？」

伊佐が問えば、大野は伊佐をまっすぐ見据えたまま頷いた。

「自分ではうまくやってると思ったかもしれないが、ぷんぷん匂った。おまえは、自分の欲のためにやってない。他人のためだ。守る者がある奴は、腹の据わり方でわかる」

「……それ、褒められてんの？」

「案の定、今日も来た」

伊佐の背中を、おびただしい汗が伝わる。

緊迫した空気の中、伊佐も大野から目を外さず、口許《くちもと》だけで笑った。

「欲ならあるんだけどな。あんたらの悪事を暴いて、それをネタに揺すってやろうかと思ったのに。なかなかうまくいかねえな」

「なんだとっ」

三河が凄《すご》い形相《ぎょうそう》で伊佐へと足を一歩踏み出す。

大野が片手で制する。うんざりした様子で三河を一瞥《いちべつ》すると、ふたたび伊佐にその目を戻した。両手に革手袋をはめながら。

「施設育ちの野良犬は、どうやら痛みには強かったようだ」

昨夜から今日の間に伊佐のことを調べたらしい。まさか田宮のことも嗅ぎつけたのでは――そう思って一瞬ひやりとしたが、あまりに短い時間でそこまでは無理だと自分に言い聞かせる。

「野良犬で悪かったな。野良犬には野良犬の意地があるんだよ」

「ああ」

革手袋の指で頬をひと撫ですると、大野は薄い唇の端を吊り上げた。

「痛みは堪えられても、命は惜しいだろう？」

大野の手には銃があった。

重みを確かめるかの如く右に左にやりながら、にやにやと笑う。

「おまえみたいな野良犬が一匹いなくなったところで、誰も気にしない」

伊佐も笑った。

これまではそうだったろう。伊佐が消えても、悲しむどころか誰も気づかなかったにちがいない。

でもいまはちがう。いまは、伊佐が死ねば田宮が悲しんでくれる。伊佐のことを、憶《おぼ》えていてくれる。

田宮がそう言った。

だから銃など、少しも怖くなかった。

「あんただって俺と同じようなモンだろ」

伊佐は大野を挑発する。

「甘い汁を吸うために、こんな汚え、ぶくぶく太った成金野郎のために働いてんだろ？　ハイエナみたいな真似《まね》しなきゃ生きていけないのは、あんたも俺もそうちがいはないと思うけど？」

「俺を怒らせようとしても無駄だ」

大野が芝居がかった仕種でかぶりを振る。

「でも、実際そうだろ。加治のためにいったい何人殺したよ。企業買収、橋渡しって言えばまるで正当な企業のように聞こえるけど、裏じゃ脅し殺しは日常茶飯事ってか？」

大野から加治に視線を移せば、加治が出っ張った腹を大きく揺すった。

「負け犬の遠吠えは、なんとも言えず耳に心地よいなあ」

太い指輪のはまった人差し指で伊佐を指差す。

「いいか。この世はより強い者が勝つ。弱者は淘汰《とうた》されていくのだよ。それを多少早めてやったところでなにが悪い」

「放火して、事故に見せかけて、淘汰してやったって？」

加治が、ははは と乾いた笑いを洩らした。

「なんだ。よもやと思ったが、やはりか」

「……やはり？」

まさか。

「やはりってなんだよ。意味わかんねえ」

「おまえ、笹原の息子に雇われたな」

ぎくりと身がすくむ。

この数時間でなぜバレた。

「驚いてるって顔だ。だが、わしも驚いたよ。まさか笹原の息子がまだ仕かけてくるとは。大概の人間は、プロに脅されたり賺《すか》されたりすれば引っ込む。誰でも命は惜しいからな。けどたまに、脅しには屈しないと粋《いき》がる奴もいる。そういうときはやむなく事故や自殺に見せかけて消えてもらうんだが——たとえば、五年前の志水《しみず》建設の社長」

加治は頰を紅潮させてベラベラ喋る。おそらく伊佐を生きて帰すつもりがないからだろう。

「夫婦で無理心中。殺されたという証拠はない。綺麗なものだ」

「…………」

「笹原のほうも同じだ。志水建設の件を暴きにかかったから、やめたほうがいいと忠告してやったのに、あの愚かな男はやめなかった。あの息子たちは笹原の葬儀の日、憎悪に満ちた目をわしに向けてきたが、わしのせいじゃない。火をつけられた時点でやめとかなかった笹原のせいだ。なのに、あいつらは笹原とは血の繋がりなどないくせに、いまになってまたこんな茶番を」

うんざりした様子で、かぶりを振る。

「……笹原さんを、殺したんだな」

伊佐の問いに、加治は肩をすくめた。

「人聞きが悪い。睡眠薬入りのコーヒーを飲んでもらっただけだ。事故は勝手に笹原が起こしたものだ」

あまりに身勝手な言い分に伊佐はぎりぎりと歯噛みをした。

この男のせいで、どれだけ田宮が苦しんだか。

泣き寝入りなどしない。こんな男は絶対に許さない。

「てめえ。調子にのんなよ」

湧き上がる怒りを、伊佐は必死で抑える。冷静にならなければ、加治の思う壺《つぼ》だ。

息をつき、シャツの胸に右手を差し入れた。途端に撃鉄《げきてつ》が上がる音が大きく響く。

「焦るなって。俺はあんたらとはちがってヤクザじゃないからな。飛び道具なんて持ってねえよ。その代わり、ちょっと頭を使う」

ゆっくり手を引く。

携帯を取り出した。

不審げな視線の中、伊佐は加治と大野を交互に見た。

「ただの携帯。けど、俺はここに来たときからずっとある場所にかけっぱなしにしていた。なぜだかわかるか？　その電話の留守電にいまの会話を全部残すためだ。証拠がない？　できたじゃないか。証拠」

見る間に加治の顔面が蒼くなり、ぶるぶると痙攣し始める。

大野の眦《まなじり》が吊り上がった。

「てめえ。ぶっ殺してやる」

銃口が伊佐を狙う。

伊佐は両眼を剝いた。

「やれよ！　けど手遅れだ。俺を殺しても証拠は消せない」

「待て！　待て。どこにかけたのか吐かせてからだ」

加治が慌てふためき、大野と伊佐の間に入る。

この期に及んで頭にあるのは、己の保身のみだ。

「無駄だ。俺は死んでも言わない」

携帯を腹に戻した。その同じ手で、隠し持っていた果物ナイフの柄を摑む。

狙いは加治。たとえ相打ちになろうと、加治は許さない。

抜こうとしたとき、機械音が場をさえぎった。

三河が飛びつく勢いでポケットに手を入れ、携帯に出る。

「おう」

一言だ。一言で三河の表情が変わった。

へらへらと薄笑いを浮かべると、大野に耳打ちをする。大野もその骨ばった顔に冷笑を浮かべた。

「残念だったな。おまえは痛めつけても確かに吐かないだろう。が、自分の主人を痛めつけられたときはどうかな」

「……なに……言っ」

声が上擦《うわず》る。汗がどっと噴き出した。

大野が告げた言葉は、伊佐の想像を超えていた。

「丁重にもてなしてやらなきゃな。笹原の下の息子を拉致《らち》した。どうやらこっちに向かっている途中だったらしい。もうすぐ到着する」

視界が真っ赤に染まる。

抑えていたはずの激情が一気に膨れ上がり、伊佐はナイフを抜くと大野に飛びかかった。

「死ね！　……ぶっ殺してやるっ」

鈍い音とともに、火柱が大腿《だいたい》を貫く。伊佐はもんどりうって床に転がった。ナイフが手から落ちる。

「動くな。でないと、笹原の息子はいますぐ死ぬぞ」

「……あのひとに指一本触れてみろ。おまえら、死んでも許さねえ。後悔させてやる……絶対だ！」

身動きひとつできなくなる。

田宮を思えば、指一本動かせない。

離れなければよかった。傍にいて守れば。

伊佐のせいで田宮がこいつらに……。

「そうだ。それでいい」

大野が伊佐に歩み寄り、銃把《じゅうは》で思い切り伊佐の頬を殴りつける。床に這った伊佐の背を、靴底が踏みつけた。

「このガキ。こっちが下手に出てりゃ、いい気になりやがって」

「……っ……ぅ」

何度も何度も背中に蹴りが入る。

自分がやられるのはいい。殴られるのは慣れている。

でも田宮がなにかされるのは我慢ならない。

「三河。こいつから携帯を奪え。番号を調べて、どの電話にかけているかすぐ調べろ」

銃口で伊佐の背中に狙いをつけたまま、大野が命じる。

「おら。貸せ」

三河が歩み寄り、伊佐のシャツに手を入れてきたが、伊佐にはどうすることもできなかった。

頭の中は田宮のことでいっぱいだ。ひどいめに遭ってないか。なにかされてないか。いや、人違いであってくれたらいい。田宮さえ無事なら、他の人間なんてどうなったってかまわないのだ。

表で車の音がした。

びくりと肩を揺らした伊佐の耳にドアの開く音が届き、続いて数人の靴音が聞こえてきた。ひとりは明らかに無理やり引きずられている。

大広間のドアが開け放たれた。

「連れてきました」

嘘であってほしかった。

けれど願いは届かず、ふたりの男に挟まれた田宮が姿を現した。

「伊佐」

田宮は伊佐を見ると、安堵の表情を浮かべる。直後、眉をひそめた。伊佐の怪我を案じてのことだ。

自分が最悪の状況だというのに、田宮はまだ伊佐の心配をしてくれる。

「伊佐、探したよ。おまえ、熱海しか言わないから――。ここじゃなかなか見つからないよ。別荘地から三十分も離れた、山沿いの洋館じゃ」

この世で田宮、ただひとりだ。

「……そのひとは、関係ない」

伊佐は、床に額を擦りつけた。

意地も怒りも関係ない。

「頼む。そのひとには手を出すな。なんでも言う。なんでもする。だから田宮さんは、返してやってくれ」

神でも仏でも、悪魔でもよかった。田宮を助けてくれるなら。

誰か、助けてくれ。

「伊佐には、私が依頼した」

伊佐の気持ちなどかまわず、静かな声が響く。

「金で雇った。詳しいことはなにも教えてない。加治に近づけと、命じただけだ」

田宮の声は緊張を滲ませ硬い。が、取り乱してはいない。必死で冷静さを保っている。

「ちがう！」

伊佐は床から顔を上げた。

「確かに最初は頼まれた。けど、途中からは俺が勝手にやったことだ。そのほうが金になるから。こいつなんて、関係ない」

田宮を指差し、大野に訴える。

大野は、さも愉快そうに半眼で伊佐を見下ろした。

「なんだ。この三文芝居は。やっぱりこっちをやったほうが話は早そうだ」

そう言ったが早いか、田宮に歩み寄ると田宮の頬を銃杷で殴った。

「う……」

田宮の身体が大きく傾ぐ。が、男に腕をとられているので倒れることはない。

「やめろっ。殴るなら俺を殴れ。そのひとに手を出すな！」

半狂乱で叫び、反射的に身を起こす。

「じっとしてろ！」

大野が怒声を飛ばした。

「動けばこいつを殺す。やめてほしけりゃ、いますぐどこに電話をかけたのか言え」

「……そのひとを解放したら言う」

ふんと鼻であしらわれた。

「勘違いしてないか。取引したいわけじゃない」

大野の手が振りかぶられる。今度は鈍い音が室内に響いた。

膝を折った田宮のこめかみに、赤い血が流れる。

「うわあああああッ」

頭が真っ白になった。

伊佐は咆哮《ほうこう》し、床に落ちたナイフを拾って大野に飛びかかった。

ふいを突かれた大野の銃弾は、天井に放たれる。馬乗りになった伊佐はナイフを大野めがけて振り下ろした。

肉を刺し、抉《えぐ》る。

「ぐぅ……」

大野の双眼が見開かれる。

ナイフを抜くと、鮮血が噴き上がった。再度突きたてようと柄を握り直したとき、背後から引き剝《は》がされた。

「……離せっ……殺してやる。こいつだけは……っ」

闇雲にナイフを振り回す。その手が叩かれ、ナイフが床に転がった。なおも暴れるが、羽交い絞めにされる。

「落ち着け、伊佐」

「離せ！」

「伊佐。俺だっ」

「離せって言ってんだ！」

渾身《こんしん》の力で男に肘《ひじ》を入れ、拘束が緩んだところを振り払う。ナイフに手を伸ばした。

「伊佐！　よせ！」

今度は田宮の声だった。

田宮を見て、伊佐は背後の男が誰だか気づく。

「――桐嶋」

桐嶋が渋面《じゅうめん》で頷く。

「正気に戻ったか。まったく、手負いの獣同然だ」

周囲を見回した。

加治も三河も、他の奴らも呆然《ぼうぜん》と立ち尽くしている。大野は胸から血を流し、動かない。

伊佐の知らない男たちが十数人、取り囲んでいる。

「伊佐」

田宮が、伊佐に駆け寄ってきた。

田宮の両の瞳から、きらきらした雫がこぼれ落ちる。あとからあとから流れ、田宮の頬を濡らしていった。

「……泣いてんの？　痛い？」

こめかみの血を指先で拭った。

田宮は強くかぶりを振った。

「おまえだろう。こんな……ひどいっ」

伊佐の、血で汚れた大腿に目を落とすと、田宮の涙はさらにあふれる。あまりに綺麗で、見惚《みと》れずにはいられない。

「私のせいで……すまない……伊佐」

震える両腕が、伊佐の頭をそっと抱き込む。

涙は見えなくなったが、雫は伊佐の額に落ちた。

鼻先から唇に伝わる。舌で舐め、その甘さを伊佐は味わう。

「俺のために、泣いてくれてんだ？」

「当たり前だ。おまえ以外、こんな……」

あとは声にならない。田宮は嗚咽《おえつ》を洩らし、伊佐を抱きしめる。

伊佐も両手を田宮の背中に回した。

無事でよかった。心からそう思いながら。

「知則《とものり》」

桐嶋が割り込む。

「後始末は俺たちがする。おまえは早くこの馬鹿を連れて帰って、病院に叩き込んでおけ」

田宮は、腕を解いた。伊佐から離れようとする身体を引き止めると、田宮の泣き顔にうっすらと笑みが浮かんだ。

「帰ろう、伊佐」

手を差し伸べられる。まるであの夢のようだ。

胸が苦しい。痛い。切ない。顔を見ているだけでどうにかなりそうだ。

こんな感情は、初めてだった。

6

——おいで。

優しく伊佐に笑いかけ、伸ばされる手。

その手をとると、触れ合った場所から心臓まで甘い痛みが貫いた。


伊佐が目を覚ましたのは、白く四角いベッドの上だった。天井や壁まで眩《まぶ》しいほど白い部屋だ。

窓から射し込む陽光と窓際に飾られている花の鮮やかさに、伊佐は双眸《そうぼう》を細めた。

「気がつかれましたか」

近づいてきた声に、顔を向ける。

ベッドに歩み寄ってきたのは志水だった。志水の手には花瓶がある。ふわりとした白い花は志水の動きに合わせて揺れる。

それも窓際に並べて置かれた。

「窓、少し開けますか」

「ああ」

窓が薄く開かれると、白い花はふわふわと風に揺れた。

伊佐は花弁を見つめたまま、志水の声を聞く。

「本当に無茶をされましたねえ。あと少し遅かったら、たぶん危なかったですよ。大腿からの失血死か、肋骨が内臓を破っていたか、どちらでもおかしくなかったですから」

「……よく助かったよ」

「本当に」

志水は嫌みっぽく強調する。

「でもそのために、田宮さんや桐嶋さんが奔走したんですから」

その後説明を受け、伊佐にも自分が助かった理由がわかった。

田宮は桐嶋に連絡して、すぐ伊佐を追いかけたらしい。が、熱海というだけで場所が特定できなかった。

そのため伊佐と同じ手を使ったのだ。

桐嶋と田宮は携帯を繋げっぱなしにしていた。別荘地ではなく山沿いの洋館とわざわざ田宮が口にしたのは、桐嶋に聞かせるためだった。

加治たちを取り囲んでいたのは、桐嶋と繋がりのあるヤクザだという。

「俺、大野を殺せた？」

あいつだけは許せない。

あの男はこの手で殺しておかなければ、どうしても気がすまなかった。

「さあ」

志水は気の抜けるような曖昧な返答をする。

「私にはなんとも。桐嶋さんがすべての後始末をされましたから。ああでも、加治は自害したそうです。伊佐くんの録音テープに観念したようで」

「自害？」

花から志水へと目をやった。

「ええ。罪を告白した遺書もあったみたいですよ。創建の悪事が白日の下にさらされるのは時間の問題です」

「……そうか」

あのふてぶてしく強欲な男が自害したというのは、いまひとつ実感が湧かない。桐嶋がそう仕向けたと説明されたほうが納得がいく。

だが、それこそ証拠はどこにもないのだ。

「そういや、俺、熱海ってことも言ってなかった気がするけど」

志水を窺う。

志水は肩をすくめるだけだった。

「あんた、何者だ。目的はなんだよ」

質問を変えると、ふっとその顔から笑みが消える。いつもやわらかにほほ笑んでいる顔よりも、よほど志水らしいように伊佐には思えた。

「私の両親は、五年前に会社も土地も創建に奪われ、心中しました」

「…………」

「やっと、仇《かたき》が討てたってところでしょうか」

思い出した。

加治の言っていた、志水建設。

両親の仇討ちが目的で田宮や桐嶋に近づいたのか。

「そのこと、田宮さんは」

「知らないと思いますよ。言ってないので。あ、でも桐嶋さんには早い段階でバレました。あのひとは、田宮さんが可愛くてしょうがないんですよ。唯一の肉親ですから。田宮さんに近づく人間のことは、全部調べさせるんです」

「なにをベラベラと」

桐嶋が病室に入ってきた。

志水をひと睨《にら》みすると、その目を伊佐へと向ける。

「具合はどうだ」

「べつに、普通」

伊佐の返答をどうとったのか、桐嶋は伊佐を凝視したまましばらく無言だった。

志水が気を利かせて出ていく。

「なんだってんだ」

気まずい空気に堪えきれず、伊佐のほうが痺《しび》れを切らして水を向けた。

ムカつく台詞ばかりを浴びせられたときは腹が立ったが、なにも言われなければそれはそれで調子が狂う。

「伊佐」

桐嶋はようやく口を開いたかと思えば、桐嶋らしからぬことを口にした。

「おまえはよく働いてくれた。知則のために、よくやったよ」

「あんたに褒められても」

もともと桐嶋は反対だったと聞いている。田宮の意志を尊重し、仕方なく同意したのだと。

田宮が可愛くてしょうがないと、志水のあの言葉は本当なのだろう。

「というか、そのために俺、拾われたんだし」

嘯《うそぶ》く伊佐にも、静かに頷く。いつもの木で鼻をくくったような態度はどこにもない。

「笹原さんの遺志を継いで加治を裁くことが、知則のすべてになっていた。あいつはいったん決めたら引かない性格だ。もともと思いつめる性格だったが、近頃は、そのことで頭がいっぱいで、ろくろく口もきかなくなっていた」

「…………」

伊佐の知る田宮も、よけいなことは言わない。でも伊佐を気遣い、抱きしめてくれた。

「そんな状態のときに、おまえに会ってしまった。しかもよりにもよって一周忌の日に――ああ、わかってる。そんなのは偶然だ。単なるタイミングにすぎない。けど、知則にとってはちがった。たった一度の機会だ。これで駄目なら、次はないと思いつめていた」

おまえしかいない。

あの言葉は田宮の本音だった。

「俺は会ってよかったたって思ってるよ」

会うべくして会ったのだと、いまは信じている。

伊佐がそう言うと、桐嶋は忌々《いまいま》しげに舌打ちをした。

「いいわけあるか。なんのためにどこの馬の骨とも知れない男を拾ったんだ。捨て駒なら最後は捨てるもんだろ」

「…………」

「知則は、おまえと共倒れの覚悟をしていた。おまえが摑まったってときに、どんなことをしてもおまえを助けてくれと、俺にすがってきた」

なんと返答していいのかわからない。言葉がなにも見つからない。

「知則が俺に頼みごとをするなんて、あいつとは二十三年になるが初めてだったよ。放っておけと突き放したら、自分ひとりで助けにいくとまで言いやがった。あんなに感情的になった知則を、俺は知らない」

「………」

「だから、俺はおまえが嫌いだ」

桐嶋を見つめる伊佐の前で、桐嶋は表情を険しくした。伊佐のよく知る桐嶋だ。

「知則のことは忘れろ。それがおまえのためだし、知則も望んでいる。傷を舐め合うような関係は、最初から綻《ほころ》びがあるのと同じだ。そこからほどけて、最後にはお互いボロボロになる運命だ」

伊佐は承知も拒絶もしなかった。

するまでもなかった。

なぜなら伊佐の役目は終わった。もう傍にいる理由はなくなった。

田宮は加治のことを一刻も早く忘れたいはずだから、伊佐とは会いたくないだろう。伊佐は田宮の厭な記憶を呼び覚ます。

いまこうしていても、思い出すのは最後に見た泣き顔だ。泣きながら田宮は伊佐を抱きしめ、謝った。

謝る必要なんてなにもないのに。

田宮は勘違いしている。伊佐が無茶をしたのは、田宮のせいではない。

自分のためだ。

田宮の役に立つことをしたかった。伊佐自身のために。

「桐嶋さん」

病室を出ていく桐嶋の背に声をかける。

「その白い花は、なんて名前？」

桐嶋は、肩越しに窓際の花瓶に目を留めた。

「白孔雀《しろくじゃく》だ」

ドアが閉まり、ひとり残された伊佐は、たったいま知ったばかりの花の名を唇にのせた。

清楚で繊細で、そのくせどことなく凜《りん》として、美しい白い花。

呼吸をするみたいに優しく揺れる花弁。

花弁が風に舞った。はらはらと床に落ちるまで、伊佐はずっと見つめていた。

まるで田宮の涙のようだと思いながら。

退院の日に、田宮と再会した。

伊佐は視線を合わせなかった。合わせられなかった。

「それじゃあ」

身ひとつで田宮のところに来た伊佐は、別れるときもこの身ひとつだ。伊佐には荷物などなにもない。これまでも、これからも。

「伊佐」

田宮はアタッシュケースを差し出した。

「約束どおり、報酬だ」

伊佐はアタッシュケースに目を落とす。

金のため、生活のための人生だった。自分さえ楽して愉《たの》しく生きていければ、それが一番いいと思ってきた。

でも伊佐には自分よりも大切に思えるひとができた。

田宮が愉しかったらいいと思う。笑って生きてくれたらいい。

もう苦しまないで、思うように生きてくれたら。

たったひとつ、心から幸せそうに笑う顔を見られなかったのは残念だが、きっとその日は来るだろう。

「その金、俺の病院代ってことでとっておいてよ」

伊佐は封筒を受け取らなかった。

「でも、それだって俺の――」

田宮の話をさえぎるつもりで背を向けた。

「じゃあ俺、行くから」

別れの言葉を最後に病室を去る。

ドアの外に出ても田宮の視線を背中に感じていたが、伊佐は一度も振り返らなかった。

夢の中でおいでと伸ばされた手を、伊佐のほうから解放したのだ。

7

空を仰ぐのが日課になった。

夕闇が迫っている。蒼とオレンジの混ざり合った不思議な色は、視神経から入って伊佐の身体じゅうを満たしていく。

上空は風が強いのか、早いスピードで流れていく雲をしばらく見つめていた。

「伊佐～」

同僚の声に、空から視線を外した。

同僚は、たったいま伊佐も出てきた事務所の短い階段を、一段飛ばしで下りてくる。

彼と伊佐が働いているのは、個人経営の建設会社だ。伊佐は会社の隣にある寮の四人部屋に住んでいる。

汗と土埃《つちぼこり》にまみれて身体を酷使するのは、考えていた以上に大変だった。自分で稼ぐということの意味は、もっと重要だ。

とりあえず初給料を手にしたい。この一ヶ月それだけを目当てにやってきた。

「給料出たし、居酒屋でも行くか」

同僚は首を左右に傾け、こきこきと音を鳴らした。

伊佐は悪いと頭を掻いた。

「俺、いまから行くところがあるから」

「行くところ？」

日焼けして小麦色になった顔が一瞬訝《いぶか》しげにしかめられる。が、すぐにまたぱっと輝く。

伊佐の「行くところ」に気づいてくれたらしい。

「あ、そっか。おまえ、初給料出たらコレになんか買ってやるって言ってたよなあ」

小指を立て、相好《そうごう》を崩す同僚に、伊佐も照れ笑いを浮かべた。

「べつにそんなんじゃないけど」

それでも大事なひとだ。

寝る食う以外にこの世にはいろんなことがあり、いろんな感情があると、伊佐に教えてくれたひと。

世の中を斜めに見て、わかった気になっていた伊佐の目を覚まさせてくれたひと。

伊佐は、生まれて初めてなにかを贈りたいと思った。

言葉だけでは足りない。うまく伝える自信がない。だから自分の力で手に入れた金で形ある物を贈りたかった。

「けどよう。最近の女はブランド志向だからなあ。おまえの給料なんて、あっという間に飛んでいっちまうぞ」

「ブランド品じゃなくてもいいんだって。そんなの、買う気になれば山のように買えるひとなんだし」

「なんだなんだ。やっぱり相手は例の金持ちのお嬢様か」

同僚がにやにやとし、冷やかしてくる。

お嬢様ではないが、例のと金持ちというあたりはあながち間違いではないので、そうだと照れ隠しに軽く応じる。

同僚は伊佐を見て、渋い顔になった。

「おまえ、何回も言ってるけど、無理だって。悪いことは言わない。あきらめろ。身分違いってヤツだ」

「そうっすかねー」

伊佐は冗談っぽく笑い飛ばす。

言われなくとも、住む世界がちがうのはわかっている。だからこそあの短い期間は、いまとなれば夢のようだった。

毎日この手に抱いたことも、実感が湧かない。すべてが伊佐のつくった妄想だった気もしてくる。

でも、確かなものがあった。

伊佐の胸を締めつける、この想い。

田宮のことを考えるだけで、息苦しい。呼吸が止まりそうなほど、恋しい。彼がこの空の向こうにいると想像しただけで、泣きたい気持ちになる。

「じゃ」

手を上げて別れる。頑張れよと背中に声がかかった。

首筋の汗を拭いながら、夕闇の広がった街を歩く。十分ほど歩いた場所に商店街がある。

商店街を行き交う人たちを、伊佐は目を細め、眺めた。

八百屋の主人と笑顔で言葉をかわす老婦人。難しい顔で足早に先を急ぐ、若い女性。歩道の真ん中でベソをかいている子どもは、母親に叱られ、駄々《だだ》を捏《こ》ねている。

ふたりはしばらく睨み合っていたが、母親がふいと背中を向けた。途端に子どもの泣き声が高くなった。

母親は振り向く。黙って子どもに向かって手を差し伸べた。じっとその手を見つめていた子どもは、しゃくりあげながら母親の手をとった。

母親の表情がやわらかくなる。優しい言葉で言い聞かせているのだろう、やがて子どもも泣くのをやめた。

去っていくふたりの後ろ姿を見送ったあと、甘い香りに誘われるように伊佐は花屋の前に立った。

なにを贈ろうかずっと考えていて、決めたのは昨夜だ。

狭い敷地に、色鮮やかな花があふれんばかりに置かれている。花屋に足を踏み入れるのは生まれて初めてで、少し気恥ずかしい。

自分の格好も気になって、作業服の汚れをなにげなく手で払う。

「いらっしゃいませ」

五十代の女性がにこやかに声をかけてくれた。

「プレゼントですか」

問われて、鼻の頭を掻きつつ黙って頷く。

「どういうのがいいかしら。お母さんに？　それとも彼女？　可愛い感じがいいのかしら」

自分のことのように愉しそうに花を選び始める店員に、伊佐は用意していた言葉を告げる。

「白孔雀をあるだけください」

伊佐の求めに、白一色の優しい花束がつくられる。あの日病室で目にしたものと同じだ。

「送ってもらえますか。この住所に」

メモと代金を手渡し、花屋を出る。

「あ、お客様のお名前は」

店員が慌てて声をかけてきたが、会釈だけ残して伊佐は来た道を戻り始めた。

寮に戻る道すがら、田宮は喜んでくれるだろうかと思う。伊佐からとは気づかないかもしれない。普通は気づかないだろう。

気づかなくてもよかった。

束の間、田宮のなにもない書斎に飾られるならそれでいい。

もしもこの先、いつか田宮と顔を合わせるときがあったなら、そのときは言おう。昔、白い花を贈ったことがあったよ。田宮の涙のような花弁をつけた花だ。

憶えていても忘れていても、そう言おう。

もしそんな機会が来るとしたら。

伊佐は苦笑し、寮に戻る。部屋のドアを開けると、同室の三人が伊佐を待ち構えていた。

「やっと帰ってきたか。ほら、ここ座れ」

部屋の中央の狭いスペースに輪になって腰を下ろしている三人の中に、伊佐も加わる。真ん中には、コンビニで揃《そろ》えた弁当やつまみ、缶ビールが並んでいた。

「報われない恋をしている馬鹿な男を、俺たちで慰めてやろうって話。ほら、ビール飲め。飲んで、全部忘れちまえ。きっとおまえなら他にいい女が見つかるさ」

肩を叩かれ、缶ビールを手渡される。

「あ、どうも」

伊佐は勧められるまま缶ビールをごくごくと喉に流し込んだ。

「さあ、飲むぞ。倒れるまで今夜は飲み倒そう。覚悟はいいな、伊佐」

「もちろんっすよ」

体育会系のノリが一番苦手だった。阿呆《あほ》くさいと思っていた。

けどそうでもなかった。伊佐が知らなかっただけだ。あまりに知らないことが多すぎた。

「その前に俺、着替えていいっすか」

いったん座を立ち、その場でTシャツとスエットパンツに着替える。もとの場所に座ると、伊佐のあとに入ってきた新入りが伊佐の右大腿を指差した。

「腿《もも》んとこ、変わった傷痕《きずあと》があるんですね」

「ああ、これ？」

伊佐はすでに塞がっている傷痕を、スエットパンツの上から撫でた。

「銃で撃たれた痕だからな」

「銃っ？」

新入りは目を瞬《またた》かせた。驚いて、言葉も出ないようだ。

「そう、銃創《じゅうそう》」

にこやかに答えると、今度は好奇心がその顔に浮かぶ。

「どうして撃たれたか、知りたい？」

伊佐の問いに、新入りは素直に頷く。

どこから話そうかと伊佐は頭を巡らせ、結局出会いの場面からに話すことにした。

「俺、それまで女のヒモで生活してたんだけど、あの夜は女と喧嘩してバス停で一夜を明かしたんだよ。いまから思えば、追い出されたのも運命だったような気がする」

新入りは、食い入るように伊佐の顔を覗《のぞ》きこむ。

反して他のふたりは、うんざりとした表情になった。

「おまえ、なんでその話振ったんだよ。伊佐がこれ話し出すとなげーんだよ。終わったかと思うと、だらだら一晩じゅう聞かされるはめになるんだって」

「俺なんか……もう三回目だ」

天を仰ぐふたりにかまわず、伊佐は機嫌よく言葉を重ねていく。

「バス停で一夜を明かして、さてどうしようかってときに突然あのひとが現れた。で、俺に手を伸ばして『一緒においで』って言ってくれて——俺にはまるで救いの神に見えたね」

田宮は人形みたいに感情を表に出さない。だけどそれは田宮がなにも感じていないからではない。

表に出さないぶん、内側に溜め込んだ激情は誰より熱い。

伊佐は知っている。田宮の体内の熱さを。

あふれ出た想いの、綺麗な雫を。

「悪い奴と、俺たちは自分を守るために戦った。早い話がそこで銃弾を受けたわけだけど、あのひと、とらえられた俺を助けに飛び込んできてくれた。俺がいまこうしているのは、あのひとのおかげ」

その後も多少の脚色を加えながら、仔細《しさい》を語っていく。

田宮がどれほど伊佐にとって大事なひとか。涙を見たとき、どんな気持ちになったか。

「ほんとに、あのひとのためなら俺……命なんて惜しくなかったんだ。あのとき俺は本気だった。あのひとのためだけに自分はいるんだって、そう信じてた」

ため息が聞こえる。かぶりを振る者もいる。

伊佐にはなにを言っても無駄だとあきれているのだろう。

「大恋愛っすねえ」

新入りがぽつりとこぼした。

伊佐は目を細めた。

「だな」

まさか自分が、これほど誰かに夢中になれるなんてこれっぽっちも想像していなかった。

ずっとひとりで、なんとなく生きていくものだと思っていた。

いまはちがう。

泣きたくなるほどの想いは、少しも薄れることはない。

「なんだかよお」

同僚が乱暴に頭を掻き毟《むし》った。

「すっげえ馬鹿野郎だとは思うんだが、ちょっと羨《うらや》ましいぜ」

伊佐は頬を緩ませ、ビールをぐいと飲む。

誰かに羨ましがられる日が来ようとは。

あはは と声に出して笑うと、三人も噴き出し、爆笑し始めた。

「とにかく飲もうぜ」

酔い潰《つぶ》れるまでその夜は飲み明かした。

伊佐が最後に田宮を見てから、一ヶ月半がたっていた。


さらに半月が過ぎる。

次の現場に移り、仕事にも慣れてきた。梯子《はしご》や板を使って高い場所に上がるのは速くなったし、十キロの土嚢《どのう》なら三つ四つは平気で抱えられる。

肌は黒く焼け、二の腕はひと回り太くなった。

「伊佐ぁ。今日は上がるぞ」

パイプを肩に担いでいた伊佐は、傾いてきた太陽を三階に向かう板の上で眺めた。

「ういーす。これ置いたら下ります」

目的場所までパイプを運んでから、三階分を軽快な足取りで下りていった。片づけをすませ、外付けの水道の蛇口を捻《ひね》る。

頭に巻いたタオルを外し、ざぶざぶと水を被《かぶ》った。

「こんな色男に勤まるかと心配していたが、おまえも見れるようになったじゃないか」

タオルで髪と顔を拭いていると、現場監督が寄ってくる。

伊佐は力コブをつくってみせた。

「結構俺、いい感じでしょ？」

と、すかさず後頭部に手拳が入った。

「調子にのるな。そういう口は、腕相撲で俺に勝ってから言うんだな」

「……へい」

「ほら、帰るぞ」

尻を叩かれ、背中を丸める。

荷物を拾い上げた伊佐は、すでにエンジンが唸《うな》りを上げている八人乗りのバンに駆け寄った。

現場監督の乗り込んだ軽トラックが発進したのを見届け、バンに身を入れる。ドアを閉めると、間もなく動き始めた。

砂利道を進み、私道から公道に出る。

「ひゃー、あれベンツじゃねえか。一度でいいから、あんな車に乗ってみたいモンだなあ」

助手席から感嘆の声が上がる。

運転席の先輩が、呵々《かか》と笑った。

「無理無理無理。ベンツとBMWの区別もついてないようじゃ、一生おまえには縁がないって」

「なんだ。BMWか。んだよ。ちょっと間違えただけだろ」

「ちょっとでも間違えるか、普通は」

ふたりのやり取りを耳に、伊佐はウインドーの外に目をやる。薄闇の中でナンバーまで確認できなかったが、運転席で煙草を吹かしている男は目に入った。

「…………」

いや、きっと見間違いだろう。

こんなところに田宮が来る理由はない。

伊佐は苦笑した。

「どうかしたんですか」

隣に座る新入りに不思議そうな目を向けられ、なんでもないと答える。シートに深く座り直すと、いま見たものを頭から追い出した。

「そういやあのBMW、よく見るなあ」

助手席の先輩が言う。

「そうっすね。いまの現場の近くのひとですかね。わりとあそこに停めてあるの見ますね」

伊佐の右隣に座る新入りが答える。

「あのBMW高いんっすよ。確か、一千五百万以上したんじゃないっすか」

「へえ。世の中にゃ金持ってるヤツいるんだな。俺より若い、ひょろっとしたアンちゃんなのによ」

「ほんとっすよねえ。これがまた女にモテそうな奴っていうのが、気に食わないっすよね」

伊佐は黙って聞いていたが、どうにも胸騒ぎに勝てず、ペットボトルのコーラに口をつけた新入りの腕を摑んだ。

「な、なんですか」

新入りが、目を白黒させる。

「おまえ、あのBMWに乗ってたひと、見た？」

「は？」

間の抜けた返事をする新入りに焦《じ》れ、思わず腕の手に力を込める。新入りは伊佐の迫力に躊躇しながら、深く頷いた。

「……そりゃ見ましたけど」

「どんなひとだった？」

「えっと……だから」

伊佐にではなく、相槌を求めるように助手席に向かって言葉を並べていった。

「いかにもエリートって感じで、きっとコンビニ弁当なんて食ったことないんだろうなって、そんなタイプ？」

「年は」

「……わかんないですけど、二十代半ば？」

二十代半ばのエリートなど、たくさんいる。

「停めて」

わかっていながら伊佐は運転手に向かって叫んでいた。

もういないかもしれない。いても田宮ではないだろう。

頭ではそう思うのに、どうしようもなかった。

「なんだよ、いきなり」

戸惑う言葉も抑止にはならず、伊佐は停めてくれるよう再度頼んだ。

バンが停まる。ドアを開けると、外に飛び出した。

必死で走って戻る。

無駄かもしれないが、そうせずにはいられなかった。息を切らして、ＢＭＷが停まっていた場所を目指す。

緩やかなカーブを過ぎたところで、まだそこに停まっているのが見えた。

伊佐は速度を落とすと、呼吸を整えながら近づいていった。

ドアが開く。

男が降りてきた。陽は落ち、あたりはすでに暗くなっていたのだが、伊佐にはそれが田宮だとすぐにわかった。

でも、自分の目を疑ってしまう。それほど伊佐は動揺していた。

「頑張ってるな」

田宮の声だ。

伊佐の足はすっかり止まってしまう。田宮のほうから歩み寄り、伊佐のすぐ目の前に立った。

「なんだか、見違えたよ。肌が焼けて、ひと回り逞《たくま》しくなって――おまえ、すごくいい顔で笑うんだな」

田宮のまなざしに、心臓が勝手に暴走し始める。痛くて、苦しくて思わず胸を手で押さえる。

「……なんで」

やっと震える声を絞り出せば、やわらかな笑みは苦さを滲ませた。

「会いにきたんだけど、なかなか車から降りられなくて――」

鼓動は指先まで伝わる。

ずっと思い描いては息苦しくて、泣きたい気持ちになっていた田宮を実際に目にして、伊佐は堪えることができなかった。

「……んで、来たんだよ」

「本当にな」

田宮が伊佐に手を伸ばす。

「けど、半月ほど前に白い花をもらったんだ。どうしても礼をしたくて」

伊佐は名前を書かなかった。それでも田宮は伊佐からだとわかったのか。

「なぜわかるかって？」

伊佐が問う前に、田宮自身が答えをくれる。

「私に花を贈ってくれる人間など、おまえ以外にはいないからだ」

「……田宮」

田宮の指先が、頬に触れた。そっと拭われ、伊佐は自分の目から涙がこぼれたことを知った。

「礼だけするつもりだった。おまえは太陽の下で笑ってて——すごく眩しくて、気づいたんだ。私といる間、あんな笑顔は見せてくれなかったなって。だから見ていたくて、つい、何度も来てしまった」

「田宮」

「変だな。こういうのは」

頬から指が離れる。

伊佐は咄嗟《とっさ》に田宮の手をとった。そのまま引き寄せる。

「俺は……あんたの役に立って死ねるなら、それでよかった……だけどいまは、死ななくてよかったとつくづく思うよ」

「伊佐――」

「あんたとまた、会えた」

「ああ」

田宮の両手が、躊躇《ためら》いがちに背中に回る。伊佐は夢にまで見たぬくもりを感じて、もしこれが夢だったならどうしようと不安になった。

「会いたかった。あんたのことばかり考えていた――会いたくて、どうにかなりそうだった、でも会っちゃいけないと思って」

伊佐はくり返し訴える。田宮はもうなにも喋らない。ただ、伊佐の腕の中で小鳥のように震えている。

「会いたかった。田宮」

何度も同じ台詞を口にして、田宮の髪に唇を埋《うず》めた。

そうして、またひとつ気づく。

胸の痛みがひどく甘いことに。

指先まで痺れるほどに甘い。

「あ……俺」

田宮のスーツの汚れが目に入る。伊佐の作業服の土埃だった。

我に返った伊佐は慌てて身体を離したのだが、田宮のほうが伊佐を引きとめた。

「あんたのスーツが、汚れるって」

せっかくいいスーツなのに。そう言っても、田宮は伊佐から離れようとはしない。必死で伊佐に抱きつく田宮を前に、いまは服の汚れなどどうでもいいことだと知った。

大事なことはもっと他にある。

「田宮」

伊佐は抱きしめる腕をきつくした。

「どこか入ろう。ふたりきりになれるところ。ふたりになりたい」

「………」

衝動のままに告げた言葉に返事はなかったが、伊佐の肩で田宮の頭は縦に動いた。

田宮が身を離す。本音は片時も離したくはなかったが、ふたりきりになるためには仕方がないので伊佐は解放した。

車に乗った。行き先は聞かなかった。どこでもよかったからだ。田宮とふたりきりになれる場所なら。

厭になるほど長い十分を過ごしたあと、ようやく伊佐の望みをかなえてくれたのは、ラブホテルの一室だった。

「ごめん」

田宮のあとから部屋に足を踏み入れた伊佐は、スーツの背中を抱き寄せ謝罪する。

ラブホテルなんて田宮には似合わない。

一度も入ったことがないのは、聞くまでもなかった。

「……謝るな」

少し怒ったような声が返る。

「こんなの、なんでもない……おまえが望むなら、私はどこだっていい」

伊佐はなめらかなうなじに、唇を這わせた。

「そういうこと、言っちゃ駄目だって。俺がつけあがるだろ。それでなくても、頭が沸騰しそうなのに」

田宮のうなじが染まる。

震えながら田宮は、囁くように言った。

「つけあがればいい。本当のことだから」

これ以上は待てなかった。

田宮を抱き上げ、そっとベッドに下ろす。

田宮とは何回も寝た。乱暴にしたことも一度や二度ではない。どうしてあんなに手荒にできたのか、自分が信じられないくらいだ。

結局伊佐がなにも知らなかったから。

知らなすぎて、苛立ちをぶつけるだけで精一杯だった。

ひとりで生きていけると思っていた。でも愛《いとお》しいという感情を知って、すべてが変わった。

だからいまは怖い。震える綺麗な身体を、傷つけてしまいそうで。

「どうしよう……俺」

ベッドまで辿り着いたものの動けなくなった伊佐に、田宮は自分でスーツの上着を脱ぎ捨てた。

ネクタイもワイシャツもベッドの下に落としていく様を、声も出せず伊佐は見つめていた。

「伊佐」

裸になった田宮は、両手で伊佐の頬を包む。正面から目を合わせ、静かに笑みを浮かべた。

「私は、一度も厭だと思ったことはない――ただの一度も、厭だとは思わなかった」

「……田宮」

愛しさで息が止まりそうだった。

田宮の両手ごと掻き抱く。ぬくもりを感じ取れば、いままで離れていられたほうが不思議だった。

これほど大事なひとだったのに。

「田宮」

「後悔はもう厭なんだ。おまえを失って、どれほど後悔したか」

「田宮」

名前を呼ぶことしかできず、伊佐は作業服を脱ぎ捨てた。素肌を合わせると、身体の奥から熱くなる。愛しい気持ちが性欲に直結するのは、浅ましい気がした。

でも、どれほど浅ましかろうと抱き合わずにいられないこともわかっている。

「……ごめ……また、ひどくしたら」

優しくしたいのに、自制がきかない。経験や技巧なんて、本気のときにはなんの役にも立たない。

「ん……」

唇を押し当てると、田宮が小さく震える。理性なんて焼ききれる。

「平気？　もっとしていい？」

口づけながらの問いに、田宮の引き結ばれていた唇が薄く開いた。

田宮は伊佐へと潤んだ瞳を向ける。

「これ以上……いろいろ言わせるな。どうしていいか、わからない」

少し責めるニュアンスが滲み、伊佐は吐息をこぼした。

慣れない田宮が、必死で伊佐に応えてくれているのだ。これまでもいまも、伊佐がなにをしても許してくれる。そう思っただけで、達しそうなほどの悦びが突き上げる。

「ごめん。俺の好きにさせて。できるだけ、ひどくしないから」

「伊――」

これ以上なにか言われてしまったら自分がどうなるかわからないので、唇を塞いだ。久しぶりに味わう田宮の唇は、眩暈《めまい》がするほど素晴らしかった。

「……ん」

舌を絡め、口中を探る。唾液《だえき》を流し込むと、こくりと田宮の喉が鳴った。息が上がる。些細《ささい》な表情の変化や仕種に、たまらなく興奮する。

上下に唇を吸い、伊佐は口づけを頤《おとがい》から喉へと滑らせた。鎖骨に痕を残し、さらに下を目指す。

そのままぷくりと膨らんだ淡い飾りを銜えた。

舌を使って尖らせ、色が変わるまで舐め尽くす。

「う……うんっ……」

「あんたは、どこもかしこも甘い」

頭をもたげている田宮のものを、そっと手で包む。田宮は、伊佐の手の中で悦びに震える。手を動かすと指の間まで濡れ、伊佐は息をのんだ。

「どうしたの？　すごい」

「……言……な」

「でも」

「ぅあ」

指で濡れた先端を弄《いじ》ると、田宮は仰《の》け反《ぞ》り、達した。桜色に染まり、羞恥に喘ぐ身体を目の当たりにして、伊佐は腹の底から凶暴なほどの欲望が突き上げてくるのを実感していた。

「俺としたかった？」

「……っ」

「俺は、したくてどうにかなりそうだった」

早く奥で繋がってしまいたくて、田宮の脚を割る。田宮は躊躇したが、今度も抗《あらが》わなかった。

田宮の吐き出したものを、入り口に撫でつける。田宮の身体は伊佐を憶えていて、指を触れさせただけで健気に綻ぼうとする。

「……う……ぅん」

呼吸をするように開くそこが可愛くて、伊佐はあられもない格好を強いた。

「伊佐……っ」

制止の声にごめんと謝り、入り口にキスをする。言葉では厭がるくせに、舌ですくうと、入り口は嬉しそうに蠢《うごめ》いた。

「こ……なの……よせ」

「ごめん。でも、あんたのここは俺を好きみたいだ」

浅い場所をなぞると、田宮の声はすすり泣きになる。伊佐は性器には触れなかった。繋がる場所を田宮にも意識し、感じてほしかったから。

「伊……佐……伊佐……」

田宮が堪え切れないとばかりに頭を左右に振る。抑止にはならなかった。びっしょりと濡れた睫毛《まつげ》に、伊佐の欲望は膨れ上がる一方だ。

濡らす目的よりも、快感を引き出すために愛撫する。

田宮の中心は刺激のないまま勃ち上がり、濡れた。

「あぁ……」

「挿《はい》りたい」

「う……っく」

「挿ったら、前もやったげるから……もう挿らせて」

結局指では慣らさないまま、我慢がきかず自身を押し当てた。入り口が、中へと誘うように吸いついてくる。

ゆっくりとしようと懸命に自制していたが、無駄になった。

「伊……ぁ」

欲望に任せ先端をのみ込ませると、もう止められない。熱い粘膜にやわらかく締めつけられて、根元まで一気に埋めてしまう。

「あぁ……すげ」

伊佐に絡みつき、蠕動《ぜんどう》する内部の心地よさを思うさま味わう。

ストイックな外見に似合わず、田宮の内部は貪欲だ。伊佐を貪《むさぼ》ろうと蠢きながら吸いつく。

「あ……ぅん」

「動かなくても、いけそう」

軽く一度、揺すり上げる。

田宮が微《かす》かに声を上げた。

もっと聞きたかった。

「声、出して」

指で唇を割る。閉じることを奪っておいて、もう一度揺する。奥をこねるように突けば、田宮の顔はあきらかな愉悦を滲ませた。

「気持ちいい？」

「……あぅ……ん……んっ」

「気持ちいいって言っていいんだよ。我慢なんてしないで」

「うぅぅ」

田宮がかぶりを振ると、涙がぽろぽろとこぼれた。

伊佐は身を屈め、綺麗な雫にキスをした。

「白孔雀」

顔を見つめ、あふれる涙を舐めとりながら優しく揺さぶる。できるなら達したくなかった。終わりは、長く引き伸ばしたい。

「う、う……ぁ……伊……」

「ん？」

戸惑いながら開いた唇に耳を寄せると、消え入りそうな声が返る。

「触……るって」

「なに？」

「挿れたら……触……ってくれるって言った」

「あ」

自分のことばかりに夢中になって、忘れていた。放っておいた田宮の性器は震えて、絶頂の一歩手前でとろとろに濡れていた。

「そうだった」

伊佐は性器を指で撫でた。途端に中が締まって、伊佐のほうが呻くはめになる。

「やっぱり駄目。触ったら、俺がいく」

「伊佐……っ」

約束を破ったうえ、執拗《しつよう》に口づけ、声が嗄《か》れるまで田宮を泣かせた。

「いい？」

「……い……いい」

「俺も」

長い時間をかけて、お互いの身体を貪る。

伊佐は甘い疼痛を満足するまで味わい、最後は田宮の絶頂に引きずられるようにして奥深くで達した。

言葉では尽くしがたいほどの快感だった。

「──田宮」

穏やかな顔をして伊佐の腕の中で眠る田宮の身体を抱き寄せ、耳元で囁く。

「どうか、俺の前でしか泣かないで」

濡れた頬にキスをしながら、心から愛しいひとのぬくもりの中で、伊佐は知らずしらずほほ笑んでいた。

夜が明けたら、愛してると言おう。

生まれて初めて口にする言葉だ。

そのとき田宮はどんな顔をするだろう。伊佐は、どんな気持ちになるだろうか。想像しただけで心が甘く切なく疼く。

田宮が幸せそうに笑ってくれればいいと思う。そうすれば、伊佐もこのうえない幸福感で満たされるはずだ。

愛は伝染する。

言葉で、仕種で、表情で。

伊佐が田宮に教えられた、一番大切なことだった。

あとがき

こんにちは。高岡です。怒涛の夏が終わりました。一番の夏の思い出は、ＰＣのデータが吹っ飛んだことでしょうか。まさか突然ＰＣからあんな変な音がし始めるとは……。真っ黒な画面を眺め、しばし呆然としてしまいましたよ。

さておき、今回はあとがきが一ページなので、さくっと内容について触れますと。

復讐シリーズ第一弾とでも言いますか。怨恨って、連鎖しますよね。終わったと思うのは本人のみで。それが恨みの怖いところだと思います。といってもドロドロしたのは苦手なので、主人公の心の変化のみに絞って他はタイトにしています。まあ、私の書くものですから、例によってぬるくもありますし。

今回挿絵を描いてくださったのは、奈良先生です。カバーイラストを拝見したときには目を奪われて、声も出なかったほどです。それくらい素敵です。お忙しい中、本当にありがとうございました。担当様も、いつものごとくお世話になりました。いろいろとご面倒おかけしますが、どうぞよろしくお願いします。

そして、この本を手にとってくださった方に心から感謝の言葉を。少しでも楽しんでいただけることを祈ってます。

高岡ミズミ

✦初出　天使の啼く夜……………書き下ろし

高岡ミズミ先生、奈良千春先生へのお便り、本作品に関するご意見、ご感想などは
〒151-0051 東京都渋谷区千駄ヶ谷4-9-7
幻冬舎コミックス　ルチル文庫「天使の啼く夜」係まで。

幻冬舎ルチル文庫

天使の啼く夜

2006年9月20日　　第1刷発行

✦著者　高岡ミズミ　たかおか みずみ

✦発行人　伊藤嘉彦

✦発行元　株式会社 幻冬舎コミックス
〒151-0051 東京都渋谷区千駄ヶ谷4-9-7
電話 03(5411)6431[編集]

✦発売元　株式会社 幻冬舎
〒151-0051 東京都渋谷区千駄ヶ谷4-9-7
電話 03(5411)6222[営業]
振替 00120-8-767643

✦印刷・製本所　中央精版印刷株式会社

✦検印廃止

ISBN4-344-80840-1　C0193　Printed in Japan

幻冬舎コミックスホームページ　http://www.gentosha-comics.net